ÜÇ 21 KURALI

Şifa Ritüelleri

NEMESİS KİTAP / Kişisel Gelişim
Yayın Numarası: 627

Üç 21 Kuralı Şifa Ritüelleri Aşkım Kapışmak

Yayın Yönetmeni: Serap Çakır
Yayın Koordinatörü: Melih Günaydın
Son Okuma: Kübra Ay
Kapak Tasarımı: Cem Özcan
Sayfa Düzeni: Pınar Şeker
Sosyal Medya: Begüm Yağmurlu

ISBN: 978-625-8400-06-9
1. Baskı: Şubat 2022

Nemesis Kitap:
Gümüşsuyu Mah. Osmanlı Sok. Osmanlı İş Merkezi 18/9 Beyoğlu/İstanbul
Tel.: (0212) 222 10 66 info@nemesiskitap.com • www.nemesiskitap.com
Sertifika No: 49065

Baskı ve Cilt:
Yıldız Mücellit Matb. ve Yay. San. Tic. A.Ş.
Maltepe Mah. Gümüşsuyu Cad. Dalgıç Çarşısı Apt. No: 3/4
Zeytinburnu/İstanbul
Tel.: 0212 613 17 33 Faks.: 0212 501 31 17
Sertifika No: 46025

ÜÇ 21 KURALI

Şifa Ritüelleri

AŞKIM KAPIŞMAK

nemesis
KİTAP

Giriş

Merhaba canım. Nasılsın? Gerçekten nasıl olduğunu merak ettiğim için soruyorum.

Genelde nasılsın sorusuna; çalışıyorum, yoğunum, uğraşıyorum diye cevap veririz. Aslında soru nasıl olduğumuzdur, verilen cevap ne yaptığımızdır.

Her gün milyonlarca insan birbirine nasıl olduğunu soruyor. Ne soran gerçekten merak ediyor ne de sorulan nasıl olduğunun farkında olarak yaşıyor.

Şimdi bu kitabı raftan aldın ya da bir arkadaşın hediye etti. Şu an elinde. İçinde bir sürü duygu olabilir.

"Ya bu da diğerlerine benziyorsa?"

"Gerçekten şifa var mı?"

"Ben her şeyi biliyorum ama yapamıyorum..."

Belki bu kitabı eve gidip hemen okuyacaksın, belki de bir kenara koyup unutacaksın.

Şimdi dur! Derin bir nefes al ve içine bak. Kendi içine bak. Nasılım, diye sor kendine. En az üç duygu bulabilirsin. Tek tek isimlendir.

Gergin misin yoksa meraklı mı?

Boşlukta mısın ya da kafan karışık mı?

Belki değersiz hissediyorsun, belki durmayan bir kaygıyla yaşıyorsun belki de sersem gibisin.

Ya da endişeli ve telaşlı.

Şimdi söyler misin nasılsın?

Buraya hislerini yazar mısın?

....

....

....

....

....

....

....

Aklına bazı sorular geliyor olabilir.

Bu kadar önemli şeylere bir kitapla ulaşabilir miyim gerçekten?

Belki küçümseyebilirsin. Hafiften dışlarsın.

Belki de inanmak istersin, anlık bir coşkuyla sarılırsın.

Konu kitap değil, konu sensin. Kitap kolay olanı; zor olan bu kitabın içindekileri, eyleme geçirecek cesareti kendinde bulmak.

O yüzden dünyada kitap sayısı, insan sayısını geçmeye başladı. Çünkü insanlar gerçekten şifa bulsalardı, kitaplar daha az yazılırdı. Bunun nedeni sağlıklı düşünen insanlar çok kitap okumazlar, bir kitabı çok okurlar.

Bu bir şifa ritüel kitabı. Şifa kitapta değil, okuyanın içinde. Kitap, sadece şifaya giden kapıları teker teker okuyucunun açması için rehberlik edecek.

Eğer hazırsan kitaba başlamadan önce biraz sohbet edelim...

Pandemiyle birlikte insanlar kendilerine sormadıkları soruları şiddetli bir şekilde sormaya başladılar:

Kimim ben?

Neden dünyaya geldim?

Niçin yaşıyorum?

Bunları yapsam ne olacak ki?

Mutlu olacak mıyım?

Öldükten sonra ne olacak?

Bunun gibi hakikat soruları daha kıymetli olmaya başladı. Çünkü hazlar dünyası kendimize bu soruları sormamızı engelliyordu. Ölümü unutturan ne varsa çılgınlar gibi sahip olmaya çalıştık. Tek derdimiz mutlu olmaktı.

Oysa beynimizin mutlu olmak gibi bir amacı yok. Onun tek istediği çalışmak ve sınırlarını zorlamak. Dünyayı yöneten sistem, mutluluğu havuç gibi gösterip sürekli peşinden koşan, sahip oldukça daha da mutsuzlaşan, mutsuzlaştıkça hastalanan; ilaçlara bağımlı, maddeye bağımlı, yemeğe içmeye bağımlı, giyinmeye, süslenmeye, estetiğe bağımlı, sevgiliye, anne ve babaya bağımlı, cinselliğe ve güce bağımlı insanlar ortaya çıkardı.

Şifayı kendi dışında arayan insan, bunun tek yolunun rekabet ve sahip olmak olduğunu zannetti. Oysa bunlara sahip oldukça beynimiz kendini daha düşük performansa aldı, çalışmayan bölümleri yüzünden psikolojik rahatsızlıklar ve bedensel hastalıklara teslim oldu.

Kimse kötü duyguda kalmak istemiyor artık. Pek çok insan kendini kötü hissettiren ortamlardan kaçıyor. Herkes mutlu olacağı köşelere doluşmaya başladı. Zorlanmak istemiyorlar. Oysa şifa, kaçtığın yerlerin üstüne cesaretle gittikten sonra ortaya çıkar.

Bu kitap, seni konfor alanından çıkarıp kötü duygularla yüzleşmeni ve o duyguları başlatan anılara gitmeni, anıların olduğu yerlere düşünsel düzlemde şifa cümleleri bırakmanı sağlayacak.

İstikrar devam ettikçe eskiden seni sık sık başarısızlığa, terk edilmeye, yalnızlığa, çaresizliğe, değersizliğe ve tüm kötü duygulara götüren beynindeki yolaklar, yavaş yavaş yok olup zamanla; güçlü duygularla, yeni yolaklar oluşturup iyi duygulara, iyi hissetmeye ve hedeflerine götürecek. Bazı duraklarda sürprizlerle karşılaşacaksın.

Zannettiğin gibi sürprizler ve mucizeler bir anda karşımıza çıkmaz. Belki yıllarca bu konularda kandırıldık. Mucizeyi ve sürprizleri çekemezsin. Onlar aslında sürekli ve her yerdedir.

Gözündeki perdeyi kaldıracak cesaretin yoksa muhteşem bir şov izleyemezsin.

Hayatta iyi ve kötü şeyler aynı anda vardır. Potansiyelimize ulaşacağımız tüm başarılar ve güzel deneyimler hâlâ etrafımızda.

Zihnin kötü duygulardan kaçtığı için kendini bekleme moduna alır. O yüzden dış dünyadan daima güzel olaylar bekler. Bu seni sürekli para için koşturan, güç için yoran bir insana dönüştürür. Çünkü bir kere durursan içindeki tüm kötü duygular eline, ayağına yapışmaya başlar.

O yüzden anne ve babalarımız bile çocukken durmamıza izin vermediler. Hep bir hareket içinde olmak zorunda kaldık. Çünkü çoğu anne ve baba kendi çocuğunu, kendi çocukluğuyla karıştırıp kendilerini çocuklarında düzeltmeye çalışıyor.

Çoğumuz elâlem için yetiştirildik. Birçoğumuz gurur duyulmak için, birazımız yatırım için, ama hemen hepimiz onların kötü duygularını almak için hayata getirildik.

Ayrışamadık. Bizden öncekilerin bilinçdışına mahkûm edildik. Bu sebepten hepimiz iki kişi doğarız. Bir, annemizin doğurduğu ben, yani gerçek olan. İki, annemizin zihninde doğurduğu, yani diğeri, sahte ben.

Her anne aynı anda iki çocuk doğurur; içinde imaj ettiği bebek ve gerçekte doğurduğu. Ve ne yazık ki, anneler ve babalar çoğunlukla gerçek çocuğa değil içlerindeki çocuğa temas ederler. Bu yüzden ağladığımızda susturmaya çalıştılar, acıktığımızda uyutmaya çalıştılar, uyumadığımızda da yedirmeye çalıştılar. Annenin zihni içindeki çocuğa odaklı olduğu için çoğunlukla senin ihtiyacını görmedi. Bu yüzden sen oyun oynarken içindeki çocuğun yaramazlık yaptığını zannetti ve durdurdu.

Sen yas tutmayı öğrenmek için ağlarken, ağlaman ona dayanılmaz geldiği için, hatta ağlaman onu çıldırttığı için seni susturdu. Sen bir köşede tek başına dururken aslında beynin içe dönüp yaşadıklarını işlemeye çalışıyordu.

O kendi içindeki çocuğun yalnızlığını görüp seni işgal etmeye çalıştı. Tek kalma yeteneğini geliştirmene izin vermediler. İnsanların seni öpmelerinden, mıncıklamalarından sıkılıp gerildikçe onlar içlerindeki çocukla şakalaşmaya başladılar. Ve hayat sana şunu öğretti: Bu dünyada sık sık işgal edileceksin.

İnsanlar tüm kötü duygularını sana aktaracaklar. Sen yemek istemedin, çünkü az yemek seni daha çok duygularına götürecekti, bunu en iyi senin beynin biliyordu. Ama onlar hızlı yedirerek içlerindeki tüm kötü duyguları sana aktardılar. Hızlı yedirildin. Hızlı giydirildin. Hızlı uyutuldun. Hızlı çalıştırıldın. Hızlı oynatıldın. Ve yavaşlamana izin vermediler.

Şimdi bunları sana öğretmenlerin, arkadaşların, sevgilin, eşin, patronun, bankalar, şirketler, internet, her şey ve herkes yaptırıyor. Aldı mı seni bir hız!

Başına bir sıkıntı geldiğinde, çaresizlik kendini hatırlattığında, belirsizlik ortaya çıktığında anladın ki gerçekten yalnızmışsın. Ailem hâlâ içimdeki çocukla ilişkide.

Çevrendekiler seninle değil, içlerinde imaj ettikleri senle ilişki kuruyor. Bu yüzden kimse içindeki gerçek seni görmüyor.

Eğer içindeki gerçek senin kim olduğunu merak ediyorsan, şimdi ilk görevin bir aynaya bakmak. Bulunduğun ortamda ayna yoksa kitaba burada ara ver, ceptelefonunu fotoğraf çekme moduna al ve kendine bak.

Bir dakika boyunca kendine bak. Gördüğün kişiyle ilgili üç özellik düşün. İyice odaklan ve aşağıya bunları yaz. Lütfen yaz. Çünkü kitabın sonunda o aynaya bir daha bakacağız.

....

....

....

....

....

....

....

İnsan aynada annesini görür. Çünkü doğduğumuz ilk an annemiz bize bir bakış atar. Bebeğin, babası ile annesi cinsel ilişki sırasında karışık duygulara girer. Hamile olduğunu öğrendiği an, artık bebekle ilgili duyguları oluşmaya başlar. Dokuz ay boyunca bu duygular, iyi ve kötü olmak üzere homojenleşmeye başlar.

Annenin o evrede neler yaşadığı, neler hissettiği ve bebekle ilgili duyguları çok önemlidir. Tam doğum anında bebek büyük bir travmayla gözünü açtığında içine damlatılan temel duygu, annenin aylardır zihninde biriktirdiği duygulardır. Göz teması sırasında anne bebeğe bakarken ne hissediyorsa; bebek de bu mucizevi bakışmada annenin kendisiyle ilgili hissettiği şeyi, hayatı boyunca kendisi için de hissedecektir. Bunun sebebi aralarındaki güçlü bağdır ve bu ilk bakışa KADER denir.

O yüzden insanların çoğu, Tanrı'nın onlar hakkında ne düşündüğünü merak eder ama asla emin olamazlar. Çünkü ilk Tanrımız annemizdir.

Bir insan büyürken zihnindeki var olan Tanrılardan, sağlıklı ayrışmadığı sürece Allah ile gerçek ilişkiyi kuramaz. O yüzden çoğunlukla anneniz ve babanızla aranız nasılsa Allah ile aranız da öyledir. Cennet anaların ayağının altındadır denir, çünkü anneyle sağlıklı yetişen insanlar bu dünyada cenneti yaşarlar. Böyle insanlar iyidir, zarar vermez, yıkıcı hırsları yoktur, hazların kölesi olmazlar, düzenli ve istikrarlı ilişkileri vardır, tabiri caizse çok günah işlemez, pek fazla kötülük de yapmazlar. Sadeye yakın bir hayatları vardır. Dışarıdan biraz da sıkıcı görünürler. Ama onlar hep önce kendilerini sevmeyi, önce ben demeyi öğrenmişlerdir.

Anneden sağlıklı ayrışamamış insanlar, bu dünyada hep cehennemde gibidir. İster zengin ister fakir hangi kesim ve kültürden olursa olsun genelde dış dünyayla ilişki kuran sahte benlikleridir. Çünkü onlar tek kaldıklarında gerçek benlikleriyle yalnızlık içinde yaşarlar. Tüm kötü duygular onlarla beraberdir. Bu yüzden sanat böyle ailelerden çıkar.

Var olan aile ilişkisi o kadar zordur ki çocuklar büyüdükçe müzik, resim, dans, şiir ve sanatın farklı çeşitleriyle yaşadıkları kötü duyguları muhteşem bir yolculuğa çıkarırlar.

Sanat, karanlığın üzerine atılan renkli boyalar gibidir.
Arka planda hep acılar vardır,
dış dünyaysa hep renkleri görür.

Dikkat ettiysen geçmişten beri tüm gerçek sanatçılar kendilerini tüketir, sanatlarını yaşatırlar. İşin ilginç yanı ise sağlıklı büyüyen insanlar, sağlıksız büyüyen sanatçıların eserlerini izlemeye gider ya da o eserlere tanık olurlar. Hiç fark etmiş miydiniz?

Sanat sağlıklı büyüyenler sayesinde arşivlenir ve aktarılır. Çünkü sanatçı pazarlamayı bilmez.

Şimdi sen bu hayatın içinde yaşadığın tüm acılara rağmen içindeki sanatçıyla temas etmeye hazır mısın?

Bildiklerini unut demiyorum, yaklaşık üç ay boyunca biraz ara ver. Ne dersin? Üç ay içinde sürprizlerle karşılaşıp gerçekten daha iyi hissetmeye değmez mi?

Biliyorum kolay olmayacak. Saydıracaksın belki içinden. Yorulup bırakacaksın belki. Eskiden yaptığın gibi atıp bir kenara arada bir bakacaksın.

Hani o kurtulamadığın alışkanlıkların var ya hatırla, onlara yaptığın gibi. Tamam diyeceksin, sonra tekrar başa döneceksin. Kiminin de tövbesi gibi, "Yapıyorum yapıyorum, olmuyor," diyeceksin. Unutma gözündeki perdeyi kaldıracak cesaretin yoksa hayatın muhteşem şovunu izleyemezsin.

Aman yapsam ne olacak ki diyeceksin, alışık olduğun tembellik yakana yapışacak. Tamam lan bu akşam başlıyorum, diyeceksin, eve gidince elin yine kumandayla buluşacak. Dur şu bitsin ondan sonra, diyeceksin. Buzdolabında bir tatlı seni karşılayacak. Dur şu tatlıdan sonra, diyeceksin; sonra elinde telefonla uykuya dalacaksın. Sabah yine bir pişmanlık. Derken zihnin işin içine girecek: Siktir et ya, işim gücüm var benim, bununla mı uğraşacağım, deyip vazgeçeceksin.

Kolay tabii! Konforunda, rahat tuzağında kalmak. Kimse sana söylemedi ki bu zamana kadar, mucizelerin acıyla arasında bir perdeyle durur. Ya aynada kendini göreceksin ya da bu hayatı sana aktarılan zannedeceksin. Aman sakın ha, sen de çoğunluğun yaptığı gibi üç beş sayfa okuyup sağa sola abartıyla anlatma. Çünkü bu kitabın ilk kuralı üç ay sessiz kalmak olacak.

Başkası şifalansın istiyorsan insanlara öner ve bırak. Çünkü insan kendisine dayatılan ne varsa hızla gaza gelir ve bırakır. Ama bir öneriye ihtiyaç duyarsa kendi içinde gaza gelir ve yol alır.

Ara ara olmayacak gibi olacak. Onlar da hayatın samimiyet durakları.

Unutma bir şeyin olmayacağından eminsen, aynı anda olacağından da eminsindir.

Bir şeyi kabul etmek aynı zamanda zıddını kabul etmekle gerçekleşir.

Şimdi sana yeni bir kuralımı daha açıklıyorum. Bu kuralı yazıp evde görebileceğin bir yere as.

Hayatta her şey belirsizdir,
olabilir de olmayabilir de.
Sadece olacak ya da olmayacak diyenler
iç dünyaları karışık insanlardır.
Hayatta her şey olabilir de
olmayabilir de.

Ön Eylem

Şimdi okuduklarını bir düşün.

İç dünyana bak. Ne kadar cesur olduğunun farkına var.

Derin bir nefes al. Gözlerini kapa ve kendine sor.

Ben bu çalışmaya kaç gün sonra başlayabilirim?

Zihnine gelen ilk rakamı aşağıya yaz. Belki merak ettiğin çok fazla soru var. O soruların cevapları ilerleyen bölümlerde olacak. Senin şu ana kadar kendine sorman gereken soru, başlamaya ne zaman hazır olacağın.

Şimdi kitapla arana bir sayfa boşluk bırakıyorum, o boşluğa tam sayfaya sığacak şekilde başlamayı düşündüğün rakamı yaz.

Böyle önemli bir karara hemen evet dersen kaybedersin, ama içine sorup düşünürsen bu gerçek olur. Çünkü hemen cevap veren sahte benliktir, düşünüp derinleşip cevap veren gerçek benliktir.

Hayat da böyledir. Bir anda verdiğimiz kararlar başımıza bela, düşünerek verdiğimiz kararlar yolumuza şifa olurlar. İnsan en çok acı çektikten sonra düşünür.

Senden ricam yapabilirsen kitabın bundan sonraki sayfalarını karar verdikten sonra oku. Kaç gün sonra başlayacaksan o güne kadar merakta kalman zihnindeki motivasyonu daha çok artıracak. Ne olur hemen tüketme.

Amaç bilgiye sahip olmak değil, amaç yolculuklarda karşımıza çıkacak zorlukları ve sürprizleri karşılayan olabilmek.

Hazır olduğunda görüşmek üzere.

Bu kitaba kaç gün sonra başlayacaksın?

Ritüele Giriş

Bu yolculukta bazı kapılardan geçeceğiz. Kapı, bilinçdışında boyut değiştirmeyi temsil eder. O yüzden sana önerim, her bir kapı çalışmasında evindeki ya da dış dünyadaki bazı kapıları kullanman.

Üç 21 Kuralı'nda Birinci 21 Gün'de niyetten zorlanmaya, zorlanmadan depresyona ve depresyondan farkındalığa geleceğiz.

İkinci 21 Gün'de farkındalıktan motivasyona, motivasyondan şüpheye, şüpheden mucizelere, mucizelerden yeni bir benliğe kavuşacağız.

Üçüncü 21 Gün'de tekrar başa, baştan sona, sondan kendi gerçek benliğimize yolculuk içinde, çoğu zaman vazgeçmek isteyeceksin. Bu engeller en yakın çevrenden gelecek. Sen değiştikçe onlar rahatsız olmaya başlayacak. Bazı günler hiçbir şeyin değişmediğini zannedeceksin. Dış dünya, seni tahrik edecek. Ama tadını bir kere aldın mı artık bu tattan kendini mahrum etmek istemeyeceksin.

21 rakamını çok duymuşsundur. Bunun sebebi, beyin 21 gün bir şeyi tekrarlarsa zihninde o şeyle ilgili yolaklar oluşturur. Bir alışkanlığa geçiş kapısı gibidir. O yüzden bu yolculukta bazı huylarımızı terk edip yeni huylar edineceğiz. Ama istemediğimiz bir huyumuzu değiştirmek için zıddını hal etmeliyiz.

Huy, hallerin toplamı demektir. Yani sinirli bir huya sahipsen, bunun zıddı olan sakinliği sık sık hal ettikçe huyun değişir. O yüzden hallerde tam eminlik olmaz. Arada bir sakin olmaya çalışmak sana yabancı gelebilir. Ama tekrar ettikçe, yavaş yavaş sende yaşamaya başlar.

İkinci 21 günde farkındalıklar açığa çıkar. Küçük değişimler başlar. Kişi derinlik kazanır. Yüzeysellik azalır. Sessizlik artar. Beyne ilhamlar, hayaller gelmeye başlar.

Üçüncü 21 günde haller yeni huy kapısından geçer, artık eski huyunla yeni huyun yan yana dengede yaşamaya başlar. Yeni yolaklar, seni sürprizlerle karşılaştırıp önce annenin içindeki çocuktan uzaklaştırır, gerçek benliğine kavuşturur ve o çocuğun hayalleri gerçekleşmeye başlar.

Artık başka bir birey olduğunu anlar, perdeleri kalkmış aynı yerden başka şeyler gören ve tüm kötü duygularını dönüştüren biri olur. Buna *şifalanma* denir.

Dış dünyada aslında hiçbir şey değişmez. İç dünyan zihin yoluyla ve yeni proteinlerle dış dünyadaki seni hayallerine götürecek ve iyi hissettirecek insanlarla, bilgilerle tanışır. Ve sen yeni tanıştıklarını, yeni karşılaştıklarını mucize zannedersin. Aslında onlar her zaman oradalar. Onlar sana gelen değil, sen onlara gidensin.

Bu muhteşem farkındalık sana bu hayatta her şeyi yapabileceğini, her şeyin öyle ya da böyle gerçekleşebileceğini hissettirecek. Zamanla şunu anlayacaksın:

Bir şeyi yapabiliyor olmak, o şeyi yapmaktan daha kıymetli.

O yüzden senden bir ricam daha olacak. Bu kitabı her şeyiyle yapmak arzusunda olma, yolculukta ilerlerken tek isteğin yolda olmak olsun.

Hazırsan başlayacağız.

Görev

- Şimdi ilk kural: Bu akşam sadece bu okuduklarını düşünerek uyu.
- Akşama kadar ya da uyuyana kadar diğer sayfalara geçme.
- Yarın sabah saat 06.00'da uyan.
- Bu sayfayı geç ve ilk ritüeline başla.

Not

Bu kapının şifası saatinde hazır olmak…

İlk/21 Gün

1. Gün Ritüeli

Niyet Kapısı

Günaydın canım. Kendini nasıl hissediyorsun?

Bu çalışmayı, elini yüzünü yıkamadan gerçekleştireceksin.

Çoğu eylemimizin niyeti olmadığı için sonuçlarına ulaşamayız.

Niyet derinden edilirse zihnimiz, hedeflerimizle güçlü bağlar kurar. Örneğin: "Bu sabah uyandım. Niyet ediyorum, üç ay sonraki hedefime ulaşmak için elimi, yüzümü yıkayıp kahvaltımı yapmaya," dediğinde beynin elini yüzünü yıkarken ve kahvaltını yaparken bu basit eylemleri bile üç ay sonraki hedefe kodlar.

Mesela yürürken, "Niyet ediyorum, daha sağlıklı bir insan olmaya, onun için yürümeye," dediğinde zihnin artık yürüme eylemlerini sağlıklı olma hedefine bağlar. Ve her eylemini bir şeye niyetlendirirsen, artık tüm bedenin ve ruhun neden yaşadığını anlamaya başlar.

Neden uyandım? Çünkü bir niyetim var.

Allah neden niyetten ve ibadetten bahseder? Abdestte, namaz kılmada hep öncesinde bir niyet vardır. Bir yere giderken zihninin içinden geçenler niyetlerindir. Ama genelde insanın zihninde o şeyin olmayacağına dair niyetler bulunur.

Korkmak gerçekleşmemesine niyet etmektir.

Belki de çoğumuz zengin olmaktan, başarılı olmaktan, sağlıklı olmaktan, kendimiz olmaktan korkuyoruz.

Çünkü sevilmeyeceğiz zannediyoruz.

Yalnız kalmaktan korkuyoruz.

Çocukken hepimize bu kodlandı.

Kendin yürüyebilirsin, kendin yapabilirsin. Yapabilmek yalnız kalmak gibi.

Başlama Vakti

Şimdi derin bir nefes al ve niyet kapısından geçmeye hazırlan.

Öncelikle bu ritüeli drama edeceğiz. Drama ettikçe de gerçekliği artacak.

- ✓ Bulunduğun odanın kapısını kapat.
- ✓ Niyetini gerçekleştirdikten sonra kapının kolunu tut ve tekrar niyetini söyle.
- ✓ Yavaşça kapıyı açıp bu eşikten geçtiğini düşün.
- ✓ Şimdi niyet et. Önce sesli bir şekilde oku, sonra içinden sessiz bir şekilde tekrarla.

"Niyet ediyorum, *Üç 21 Kuralı Şifa Ritüelleri*'nde olan tüm kapılardan geçmeye. Yaşayacağım iyi ve kötü, zor ve güzel, acı ve tatlı tüm deneyimleri kabul etmeye niyet ediyorum. Şu andan itibaren göreceğim, duyacağım, dokunacağım. Canlı ve cansız her şey bana niyetim için destek olacak."

- ✓ Şimdi kapının kolunu tut, bu niyeti tekrarla ve yavaşça kapıyı aç.
- ✓ Etraftaki bütün canlı ve cansız her şeye dokun. Bunu yaparken yavaş ol. Dokunduğun her şeyin sana hizmet ettiğini düşün. Hepsi seninle konuşuyor. Hepsini kabul et.

Öneriler

- Bu niyetini gün boyunca kimseyle paylaşma.
- Gün içinde yürürken, araba kullanırken, bir şeylerle uğraşırken o an yaptığın eylemi niyetine bağla.

Örneğin, araba kullanırken içinden "Niyet ediyorum şifalanmak için araba kullanmaya," "Niyet ediyorum şifalanmak için yürümeye," şeklinde cümleler söyle.

- Şifalanmak için yaptığın eylemleri kendi niyetine bağla.

Allah her şeyi bize hizmet etsin diye yaratmış. Etrafımızdakilerle ilişki kurmazsak bize niçin hizmet ettiklerini nereden bilebiliriz?

Bir insan var, yaşadığı ev cehennem gibi.

Bir insan var, yaşadığı evdeki her şeyle ilişki halinde.

Tüm eşyalar ve tüm canlılar o an, o esnada, ona bir yuva olmak için hazır durumda. Çünkü bu insan her şeyle ilişki halinde.

Çevrendekilerin neye hizmet ettiğini anladıkça onları niyetlerinin içine alabilirsin.

Şimdi biraz daha düşün bakalım. Dünyada yaşadıkların sana neyi hatırlatıyor? İstersen ölümü hatırlatan sebeplere odaklanırsın, istersen yaşama...

Niyetini, korkuların ele geçirmişse bu dünya senin için bir zindandır. Baktığın her şey kötü bir anıyı hatırlatır.

Niyetin hayallerine ulaşmak, mucizeleri görmek, güzel şeyler yaşamaksa aynı dünya sana bu kez başka olanaklar sunacaktır.

O yüzden insanlar, genelde âşık olmak isterler. Kümeste de yaşasa, sarayda da yaşasa sadece âşıkken dünya seninle güzel konuşur. Çünkü içtiğin suda, giydiğin kıyafette, yediğin yemekte sadece sana güzel duygular veren âşık olduğun kişidir. Sen bir âşıksın dostum.

Bu niyetini aşkla, heyecanla ve en derinden samimiyetinle et. Ve yarınki ritüele geçene kadar gün boyu niyetinde kal. Her şeye rağmen...

Önemli

- ✓ Yarın sabah uyandığında –nerede uyanırsan uyan, gece ne yaşamış olursan ol, nasıl hissedersen hisset– 2. gün ritüeline geçebilirsin.

Not

Herhangi bir günü yapamadığın zaman, bir öncekinden tekrar başlayacaksın. Çünkü bir şeyi gerçekten istemiyorsak, bilinçdışımız onu bir şekilde ya unutturur ya da gereksiz işler ve sorunlar çıkarıp bizi bu duygudan uzaklaştırır. Bir gün öncekinden başlama tavrının sebebi, bilinçdışını şaşırtmak durumun böyle olmadığını ona ispatlamaktır. Zamanla yapmadığın günler için kendini az da olsa kötü hissedeceksin. Unutma hiçbir şeyi zorla yapman gerekmiyor. Vazgeçmek de normaldir devam etmek de. Sakın ha kendini zorlama. Şifa yolculuğunda bize bu duygu iyi gelmez. Herkesin tekrar başlama hakkı vardır.

Yarın sabah görüşmek üzere.
Şifa olsun...

Günün mottosu

Her güzel şey tekrar edildikçe süreklilik kazanır. Hazır mısın?

2. Gün Ritüeli

Eylem Kapısı

Merhaba canım. Nasılsın? Bugün biraz zorlanacaksın. Ritüelin üç çalışması var.

- Bugün telefonunu sadece bir saat kullanacaksın.
- İlk yemeğini 12.00'da, son yemeğini 17.00'da yiyeceksin.
- Dışarıda herhangi bir yere gidip açık alanda bir saat oturacaksın.

Bu üç çalışma, özellikle telefon ve yeme içme görevi seni kötü duyguya sokacak.

Kötü duygudan kaçmak için yapılan yeme içme ve telefon eylemi, içimizdeki potansiyelden bizi uzaklaştırır. Bunlardan uzak durdukça içine bazı kötü hisler gelecek.

Bunları lütfen kitaba not et.

Hangi duygulara girdin?

Bir saat otururken uzağa doğru bakmaya çalış. Arada bir dikkatin dağılsa da kendine kızmadan nezaketle tekrar uzağa bak. Sessizce otur.

Zihnin oluşan o kötü duyguların anılarına gitmeye başlayacak.

Aklına geçmişten bazı anılar gelecek. Hatırladıklarını aşağıdaki boşluğa yazabilirsin.

Bu alan senin. İstediğin gibi doldurabilirsin.

Notlar

- İlk günler her zaman çok zordur.
- Niyetini hatırla. Zorlandığın her an etrafına bak.
- Canlı ve cansız her şeyle ilişki kur ve niyet etmeye devam et. İşte o yapmak isteyip de yapmak istememek arasında kaldığın an var ya; bir yanda haz var, bir yanda acı. Bu noktada hazza mesafe koyup acıda kalabilirsen bu kapıyı da geçmiş olacaksın.
- Bu akşam kitabı bir daha eline al ve bu bölümde kal.
- Gün içinde değişik bir şeyler yaşadıysan onları düşün.
- Bir farkındalık, yeni bir tanışma varsa bunları düşün.
- Açlıktan ya da telefonsuzluktan dolayı hâlâ içinde kötü bir duygu varsa, ne hissettiğine bak.

Mesela, öfke hissediyorsun. Kendine şunu sor: Ben küçükken bu duyguyu nasıl ve ne zaman hissetmiştim?

Anıyı hatırla, anıda kal, oradaki kendi küçük çocukluğuna bak ve ona şunu söyle: "Artık büyüdün, burası orası değil." (Beynimiz şimdiki zamanda yaşadığı zor bir duyguyu, şimdiki zamandaki insanlara ve olaylara bağlar. Zorlandığımız duygular, geçmişteki olayların türevidir. Anılara gidip o duyguları ne zaman yaşadığımızı hatırlarsak zihnimiz zamanla toparlamaya başlar.)

- Bu çalışmadan sonra aynaya bir daha bak.
- Kendinle biraz konuş. Kendine isminle hitap et. Ben Ali'yim, Ben Ayşe'yim gibi.
- Ve elinle bütün vücuduna dokun, kendini hisset.

İstediğin zaman uyuyabilirsin.

Yarın sabah görüşmek üzere.

Şifa olsun...

Günün mottosu

Hak ettiğin güzellikleri engelleyen karışık ve kötü duygularındır. Bu duygular, eyleme geçmeni ve istikrar göstermeni engeller.

3. Gün Ritüeli

Aktarma Günü

Günaydın canım. Kendini nasıl hissediyorsun?

Hâlâ içinde dünden kalan duygular var biliyorum.

Biraz açsın onu da biliyorum.

Belki dünkü çalışmaları tam anlamıyla gerçekleştiremedin.

Şu an içinde hafif bir isteksizlik olabilir. Beyninde bir sürü bahanen de olabilir. Bu kötü bir şey değil için rahat olsun.

İstersen dünü tekrar edebilirsin, istersen yeni ritüele geçebilirsin.

Senden istediğim öncelikle odadaki pencereyi açman. Gökyüzüne bak, yavaşça derin bir nefes al. Nefesi içine çekerken evrendeki tüm şifanın içine dolduğunu düşün.

Nefesi ağzından verirken dünden kalan tüm kötü duyguların çıktığını hayal et. Bunu bir dakika boyunca dikkatini nefesine vererek yapmaya devam et. Şu cümleleri kurabilirsin:

Nefes alırken, "Evrendeki tüm iyi duyguları benliğime almaya niyet ediyorum".

Nefes verirken, "İçimdeki tüm üzüntüyü, mutsuzluğu, kaygıları ve korkuları bırakıyorum".

Bugün seni yine üç görev bekliyor:

Görevler

- **Çocukluğunu Bilen Biri**

Annene, babana veya çocukluğunu çok iyi bilen birine telefon açıp ya da yüz yüze konuşup ben nasıl bir çocuktum diye soracaksın. Onları dinlerken sadece duyguda kalmaya çalış.

- **Nefes Egzersizi**

Gün içinde aklına geldikçe bu nefes egzersizini tekrarla.

- **Obje Saklama**

Evden çıkarken yanına, dışarı götürüp bir yere saklayabileceğin bir obje bul.

Objeyi Saklarken...

✓ Öncelikle objeyi bul.

✓ Hemen karar verme.

✓ Zihnini serbest bırak ve evde dolaş. Zihnin arayarak o şeyi bulacak.

✓ Aklının takıldığı şeye dokun. O şeyi tut ve ona bak. Elinde tut. Bu yolculukta seni engelleyecek o kötü duyguları o objeye aktardığını düşün.

Mesela "Özgüvensizliğimi, korkularımı, unutkanlığımı, beni şifa yolunda alıkoyacak tüm olumsuz duygularımı, hazlara yenik düşen zayıflığımı, şikâyet ve bahanelerimi olduğu gibi bu elimdeki objeye aktarıyorum," diyebilirsin.

Artık elinde, şifa yolculuğunda seni aşağıya çekecek duyguların somut bir şekli var.

✓ Gün içinde bu objeyi, zihninin arayıp bulduğu yere götür ve oraya sakla.

✓ Dışarı çıktığında obje yanında olsun.

- ✓ Gün içinde nereye gidersen git, zihnin bir yerde sana işte burası diyecek.
- ✓ Sen sadece niyette kal. Ne şekilde, nereye, nasıl saklayacağını zihnine izin verirsen bulacaksın.

Kısa Bir Bilgi

Bu ritüellerin zor yanları şunlardır: Zihnimiz alışık olduğu olay, durum ve kişilerle ilişki kurmaya devam etmek ister. Her sabah aynı fincana bakıp kahve içmek, telefonu eline alıp aynı şeylere bakmak, gardırobun aynı kapağını açmak gibi.

Zihni bu alışık olduğu olayların dışına çekersek ritüellerle bir anda güçlü duygular hareket etmeye başlar ve şaşırma yoluyla zihin canlanır.

O yüzden insanlar işlerini, ilişkilerini, yaşamlarını değiştirmekte zorlanırlar. Bırakamadıkları kişiler ve olaylar değildir, alışkanlıklarıdır.

Eğer yanlış giden ilişkilerinizi ve o ilişkilerin yarattığı alışkanlıkları değiştiremezseniz, hayatta başınıza bela, dert, sıkıntı, sorun vb. olaylar gelir. Aslında acı çektiren bu olayların sebebi alışkanlıklarınızı değiştirmek zorunda kalmanızdır. Sizin yapamadığınızı hayat bir şekilde yapar. Buna da *hatırlatma* denir.

Hepiniz o ilişkilerin iyi gitmediğinin farkındasınız. Sadece cesur değilsiniz.

Bu ritüeller sen cesur oldukça başına bir problem gelmeden kendini kurtarmayı sağlayacak. Ama şunu unutma ritüelleri yaptıkça başka problemler yaşayacaksın. Hayatında bazı durumlar aksayacak. İnsanlar seni yanlış anlamaya başlayacak. Unutma her şeyin bir bedeli var. Ama sana önerim şu: Bu geçiş sürecinde yaşadığın her sorunda hissettiğin duyguya bak. Ve akşamları, bu duyguları geçmişte –çocuklukta– ne zaman yaşadığını hatırla. Çünkü zamanla tartıştığın insanı annen yerine koyduğunu, kaçtığın kişiyi baban yaptığını, sık sorun yaşadığın kişilerin geçmişteki başka insanların türevleri olduğunu anlayacaksın.

Şifa olsun…

Günün mottosu

Dünyayı kendim olarak algılıyorum, içimdeki zorlayıcı duygular bana ait değil.

4. Gün Ritüeli

Merhaba canım. Nasıl hissediyorsun? Bugün hiçbir görevin yok. Sadece aşağıda hazırladığım yazıyı okumanı istiyorum.

Öncelikle nasılsın? Şöyle içine bir bak, nasıl olduğunu bir hisset.

Bak hâlâ her şey yerli yerinde. Şu an neredesin bilmiyorum ama sen varsın ve seninle birlikte etrafındaki her şey var. Biraz zihnin karışık olabilir, ara ara bu yazılanları okurken dikkatin dağılabilir.

Eğer böyle bir şey yaşarsan kendini okumak için zorlama. Ama sana bir öneride bulunabilirim: Şimdi ayağa kalk, gözünü kapat, derin nefes al ve gözünü aç, etrafına bak. Bu kitabı, nerede daha rahat okursun? Oraya git ve tekrar buluşalım…

Hoş geldin.

Hayat bazen zorlar.

Çünkü beyin ödenecek bedelleri, yaşanılacak güzelliklerden daha fazla zanneder. O kadar bilmiyoruz ki kendimizi sevmeyi, beynimiz hep diğerlerinin bizi ne kadar seveceğiyle ilgileniyor.

Kim olursa olsun çoğunlukla her türlü ilişkimizde bu beklentiye gireriz. Çünkü kendimizi sevmeyi bilmiyoruz. Kendini sevmeyen insan o güzel hayallerine nasıl ulaşabilir ki?

Hayat armağanlarını sevgi gördüğü kapılara bırakır.
Sana soruyorum, kendini seviyor musun?
Kendini sevmek demek, kendini anlamak demektir.
Anlamak için tanımak gerekir.
Tanımak için bilmek gerekir.
Bilmek için bulmak gerekir…

Önce arayacaksın.
Ve insan kendini düz bir yolda arayamaz.
Sen karanlık ve sıkışık bir ormanda kendini ararsın. İşte o ormanın içinde ayağı taşa sıkışmış bir ceylan gibisin. Yaptığın tek şey kendine üzülmek ve acımak. Artık ayağını oradan kurtarma zamanın çoktan geldi. Kimse, hiç kimse seni kurtarmayacak.

Ceylanın ayağındaki yara, doğduğu andan itibaren bu yaşına kadar getirdiği kötü duygulardır.

Sen de, ben de zaman zaman bizi durduran ve kafamızı karıştıran bu kötü duygulara esir oluyoruz. Onlar yüzünden kendimizi sevemiyoruz.

Bize kendimizi sevmek öğretilmedi.
Oysa mucizeler kendini sevmeyi başaranlara gözükür.

Kendini sevmek demek; iyi ve kötü yanlarımızı bilip ve kabul edip her ikisini de sevebilmekle gerçekleşir.

Sürekli suçluymuş gibi, hata yapmış bir çocuk gibi, başına ne geldiyse hak etmiş gibi hissediyoruz. Zihnimiz gün boyunca bu duygularda kalıyor. Sessiz bir şekilde her gün, her an bize bu kötü duyguları hissettiriyor.

Üç 21 Kuralı Şifa Ritüelleri'nde sık kullandığımız ritüeller bilişsel, davranışsal, duygusal ve ruhsal olarak tekrarlandıkça beynimize yeni sinyaller gitmeye başlayacak.

Beynimizin içinde bu sinyaller elektrik akımı şeklinde olur ve ışık saçarlar.

Eğer bir eylemi arada bir yapıp bırakırsak ışıklar hızlıca söner. Ve beyin, bu deneyimi başarısızlık duygusu yaşadığımız alana depolar.

O sebepten, şu ara başına ne gelirse gelsin, tekrarcı eylemlerini bırakmamaya çalış.

Çünkü sadece bir tane hayatın var. Ne zaman son bulacağını bilmiyorsun.

Ve her şeyi istediğin zaman yapabilecek bir hakkın var. Şu an bu kitabı okumaya devam etmek ya da bırakmak gibi. Seçim senin!

Önce kendine şunu sor: En kötüsü ne olabilir ki? Söyle ne olabilir? Ölümse mesela? O da bir anda gelip bitirecek her şeyi.

Hayatta her şey çözülür. Bazen istediğimiz gibi bazen istemediğimiz gibi. Ama hepsi bir deneyim. Bu yüzden başına gelmesinden en çok korktuğun şey hakkında istikrarlı bir şekilde devam edersen, o korkunun içinden geçmiş olacaksın.

Hayatta korktuğun ve rahatsız olduğun konuları düşün. Mesela, bazı akrabaların yanında rahatsız oluyorsun. Patronunun yanında heyecanlanıyorsun. Bazı arkadaşlarının yanında daralıyorsun. Farklı muhitlerde kendini güvensiz hissediyorsun gibi…

Eğer o korktuğun ve rahatsız olduğun yerlere bilinçli girip, biliyorum zorlanacağım ama sınırlarımı zorlayacağım dersen ve orada o kötü duygulara rağmen kalma süreni uzatırsan, beynin kaçtığı yerlerde durabilme potansiyelini artırır.

Bu, zamanla seni kendinle ilgili almakta zorlandığın sorumluluklara karşı daha güçlü hale getirir. Çünkü beynin artık korktuğu yerlerde durabilme yeteneği geliştirmiştir.

Sana bir şey söyleyeyim mi?

Bütün mucizeler, kaçtığın yerlerde daha uzun kalmaya başladığında ortaya çıkar. Oralarda bir saat daha fazla kalmak, ortamlarda farklı insanlarla tanışmana, farklı ve yeni şeyler düşünmene sebep olacak.

Diyelim ki tiyatroya gittiğinde sıkılıyorsun ve gitmeyi tercih etmiyorsun.

Bilinçli bir şekilde sıkılacağını bilmene rağmen düzenli gitmeye başlarsan; hem neden sıkıldığını ve bunun geçmişteki kaynağını zihnin düşünerek bulacak hem de orada yeni insanlar, ilişkiler kurup bir süre sonra inanamayacağın fırsatlarla karşılaşacaksın.

Şunu hep hatırla: Sürprizler ve mucizeler konforunu terk edenlere gözükür.

Sevgi mucizedir. Herkese nasip olmaz.

Ne dersin, doğrularınla yanlışlarınla, günahınla sevabınla, başarılarınla başarısızlıklarınla, utançlarınla gururlarınla seni kim yetiştirmiş olursa olsun, ne kadar iyi ya da kötü olmuş olurlarsa olsunlar; onlara rağmen kendini her şeyinle sevebilir misin?

Şöyle düşün: İnançlı bir insan Allah'ı nasıl seviyor?

Şefkatine ve gazabına rağmen...

İnsan, Allah'ın maksimum sevgi ve merhamet gücüne tutulur ama aynı tutulmanın boyutu gazabının seviyesiyle eşdeğerdir. Allah sadece iyi şeylerden bahsetseydi ve cehennem olmasaydı, insan onu ne kadar severdi ki? Çünkü böyle bir duyguya ihtiyaç duymazdı. Her şey iyiyse duygu yok, demektir.

Her şey zıddını var eder.

Ve insan yaratıcının bir parçasıdır.

Bu yüzden insan da iki zıt duygu taşır. İkisini de kabul etmek, kendini sevmek demektir.

Şu an yorgun musun? Bu halini sev.

Şu an yalnız mısın, kendini başarısız mı hissediyorsun? Bu halini de sev.

Zorlandığın, kaybettiğin, acı çektiğin her anıyı "Evet bunları kabul ediyorum ve deneyimliyorum," diyerek sev. Kendini sevmek demek, sürekli iyi duyguda olmak demek değildir.

O yüzden rica ediyorum senden; bugün ne yaparsan kendini sevmiş olursun bir düşün.

Ve bugün kendini sevmek üzerine düşün.

Seni seviyorum.

Yarın sabah görüşmek üzere...

Not

Yarın sabah uyanır uyanmaz ve elini yüzünü yıkamadan kitaba başla.

Şifa olsun...

Günün mottosu

Ortalık işimize yaramayan bilgilerle dolu.
Sana iyi gelecek tek bilgi, şu an nasıl olduğun.

5. Gün Ritüeli

Günaydın canım. Nasılsın?

Elini yüzünü yıkamadıysan, aşağıdaki alana şu an içinden geçen tüm duyguları, düşünceleri, sansürlemeden aklına ne geliyorsa yaz.

....

....

....

....

....

....

....

Geceden sabaha kadar yaşadığımız bütün duygular yüzümüze taşınır.

Çünkü bizi sabahları stres hormonu uyandırır... O anki duygularımız en derin duygularımızdır. Yukarıya yazdığın şeyler gün boyunca seni takip eder.

Görevler

- Bugünkü ilk görevin, duygularını yazmak.
- İkincisi yazdıkların içinde bazı kişiler varsa bir şekilde onlarla konuşmak. Çünkü sabah kalktığında aklına kimler geliyorsa bilinçdışın onlara takılmıştır.
- O kişilerle aranda takılı kaldığın bazı zorlayıcı duygular vardır. İleride bu kişilerle de aran düzelmeye başlayacak.

Şifa olsun...

Günün mottosu

Sen çok değerlisin. Sevilmeyi, övülmeyi hak ediyorsun.

6. Gün Ritüeli

Günaydın canım. Nasılsın?

Bugün hiçbir şey yapmama günü. Kendini boşa al. Ne yaparsan canım istedi yaptım de.

Bugün bir ritüelimiz yok, boşa aldık.

Not

Haftada bir gün zihnimizi boşa almak yaşadıklarımızın işlenmesini sağlar.

Böyle boş günlerde hiçbir şey öğrenmeye, araştırmaya çalışmamak en iyisidir. Beyin arada sırada dinlenmek ister.

Şifa olsun…

Günün mottosu

Zihnine izin ver.
Ara ara pencereden bakmayı unutma.

7. Gün Ritüeli

Günaydın canım. Nasılsın, nasıl hissediyorsun?

Tebrikler bir haftayı bitirdik.

Bugünden itibaren şeker orucuna başlıyoruz.

- ♥ Bugünden itibaren 14 gün boyunca şekerli gıdalardan uzak duracaksın.

Burada amaç kilo vermek değil. Zaten insanlar sadece kilo vermeye odaklandıkları için kilo veremezler.

Görmemiz gereken şey bizi şekere götüren kötü duygulardır.

Çünkü şeker kötü duyguya temas etmemizi engeller. O yüzden tüketiriz. Ama zararlı olan kötü duyguların bizde var olmasıdır.

İnsanlar diyet yaparken bunu hesaplamaz. Kendilerini daha çok zorlamaya başlar, kilo verdikten sonra da hızlıca tekrar alırlar.

Sen de bu yolculukta şekerden uzak kaldıkça kötü duyguya gireceksin.

- ♥ İkinci görevin bugün evde, işte, okulda masana şekerli çikolatalı gıdalar koy.

Onları her yemek istediğinde içindeki duyguya bak. Büyük bir ihtimalle zorlayıcı duygular olacak. Mesela, sıkıldın... Eğer böyle bir duygun varsa kendine şunu sor: Ben bu duyguyu yoğun bir şekilde geçmişte ne zaman yaşadım?

Hatırladığın anıyı iyice düşün. Sonra tekrar şekere bak. Ne hissediyorsun?

Yavaşça şekerden uzaklaş!

Not

Bugün başladığın çalışma iradeni kullanıp devam edebilirsen, zamanla sana ciddi farkındalıklar getirecek. Bu 14 gün boyunca etrafına karşı meraklı ol.

Hayatına ansızın bir sürpriz gelecek.

Sadece hazır ol.

Neden mi? 7. günden itibaren kişi, ilk 14 güne irade geliştirirse ciddi bir derinlik kazanacak ve bir yandan da bütün duyguları karışmış ve yavaş yavaş değişmeye başlamış olacak. Dikkati ve odağı farkında olmadan başka şeylere kayacağı için sürpriz tanışmalar ve buluşmalar gerçekleşecek.

Önemli Not

- Eğer hiç şeker tüketmiyorsan şeker yerine sık kullandığın sigara, alkol, hamur işi, asitli içecekler, abur cubur, ekmek gibi bir ürünü bırakmayı deneyebilirsin.
- Bugün şekersiz ilk günün. 14 gün boyunca tercihin şekersiz kalmak olmalı. 14 gün tamamlanmadan vazgeçersen ne yazık ki,

7. güne dönmen gerekiyor. İnsanlar genelde kararlarında ilk haftada vazgeçme eğilimi gösterirler. Çünkü ilk hafta acı haftasıdır.

- Bu arada şekeri bıraktığını kimseye söyleme. Bu, insanların senin üstüne daha çok gelmelerini sağlayacak. Bu ritüelin artısı olarak "istemiyorum, hayır" deme yeteneğin gelişecek.
- Şeker ihtiyacınızı meyveden, sebzeden abartmadan karşılayabilirsiniz.

Şifa olsun...

Günün mottosu

Acıma duygun, başkalarına sık sık yardım etmeni sağlıyorsa kendinden kaçıyorsun demektir.

8. Gün Ritüeli

Günaydın canım. Bu sabah nasılsın?

Şimdi hemen, şu an yapacağın bir görevin var. Biliyorum *ne alaka şimdi* diyeceksin. *Hayatta yapamam, daha kendime gelmedim* ya da *müsait değilim* diyeceksin. Konu bu işte!

En yapmak istemediğin anda yapabilme yeteneği.

Bu neyi sağlayacak biliyor musun?

Eğer şimdi, şu an aşağıda yazan görevi yapabilirsen ileride her şey bitti dediğin anda, yüksek bir motivasyonla tekrar ayağa kalkma yeteneğin olacak.

Çünkü şu an, beynin bir sürü duyguyla sana saldırıyor.

Hepsine *hayır* dediğini düşün. Hepsine!

Görevler

- Üstünde şu an ne varsa değiştirme, paltonu, ayakkabılarını giy, kitabı odada bırak ve dışarı çık.
- Yarım saat dolaş.
- Etrafta en az üç şeye odaklan.
- Her birine bir süre bak ve sana ne söylediklerini duymaya çalış. Örneğin ağaç, araba, gökyüzü, tabela, insan gibi…

Sonra gelip sana söyledikleri şeyi aşağıdaki kısma yaz.

....
....
....
....
....
....
....

Notlar

- Ani kararlar vermek, bir anda tüm istenmeyen duygulara karşı savaş açmak, sonucu ne olursa olsun sadece eyleme geçmek kişiye canlılık hissi verir.
- Etraftaki odaklandığın şeylerin ne olduğunun bir önemi yok. O şeylerin beynindeki duyguları önemli. Yani zihnin nereye baktıysa orayla bir ilişki kurmuştur.
- Bu seçimi bilinçdışı yapar. Sana söylediği şeyler, aslında iç dünyanda kendine söylediğin şeylerdir.
- Nerede olursan ol umarım bu görevi yapabilirsin. Yaptıktan sonra nasıl hissettiğine odaklan. Bedeninde bir serinlik, vücudunda bir rahatlık, zihninde hoş bir duygu hissedeceksin.
- Zor gelen bir şeyin üstüne gitmek kadar güçlü hissettiren bir duygu yoktur. Belki eylem küçük ve basit gözükebilir ama beyin için çok önemli bir çalışmadır.

Öneri

Eğer bu ritüeli gerçekleştirirsen benimle paylaşmanı çok isterim. Bir fotoğrafını bekliyorum.

Yarın görüşmek üzere.

Şifa olsun…

Günün mottosu

İnsanları mutlu ettikçe iyi hissediyorum demek kendini kandırmaktır. Sağlıklı düşünce, bazen iyilik yapabilirim bazen yapamam demekle olur.

9. Gün Ritüeli

Meditasyon Günü

Günaydın canım. Bugün nasıl hissediyorsun kendini?

Şekersiz kalmak biraz zorluyor olabilir. Unutma kötü hissetmek de normaldir.

Bugün güzel bir sabah meditasyonu yapacağız. Aşağıdaki QR linkini telefonundan okutabilir ve meditasyonu dinleyebilirsin.

Şifa olsun…

Aşkım Kapışmak ile
Günaydın Canım Meditasyonu'nu
izlemek için QR kodu okutunuz.

Günün mottosu

Her şey güzel olacak, yalanını sustur ve aç gözlerini.
Sonuç iyi de kötü de olabilir.
İkisine de ihtiyaç var.
Kaçmazsan ve taşıyabilirsen ne mutlu sana.

10. Gün Ritüeli

Şükür Günü

Günaydın canım. Bu sabah nasıl hissediyorsun?

Bugün şükür günümüz.

Tabii ki her gün, her an şükürde kalabilmek çok kıymetli. Ama çoğumuz bunu unutuyoruz.

- ✓ Şu an bedenini yavaşça tara.
- ✓ Kendi vücudundaki her yerine dokun ve var oldukları için Allah'a şükret.

Bunu yavaşça hissederek yapabilirsen etkisi daha yüksek olur.

- ✓ Daha sonra yastığına, yorganına dokun. Etrafa bak, sana hizmet eden her şeye şükret.
- ✓ Hayatında var oldukları için şükrettiğin insanları düşün.
- ✓ Telefonunu al ve o kişilere hayatında oldukları için teşekkür mesajı at.

Derin bir nefes al.

Şükür, yavaşlayanın içine düşer. Hızda şükretmeyi unuturuz. O yüzden güne yavaşça başla.

Acil işlerin olsa bile sadece şunu düşün: En kötü ne olabilir ki? Çok şükür. Her şey çözülür.

Ve bugünkü görevin;

✓ Bugün iyi kötü, zor kolay ne yaşarsan şükret!

Başına kötü bir şey de gelse iyi bir şey de gelse şükret.

Şükürler olsun, de.

Şükredersen kötü deneyim dersini hızlı verir ve hayat anlam kazanır.

İyi deneyim de seni bu hayata ait hissettirir.

Çünkü sen şimdinin bir parçasısın.

Uzandığın yatağının, bastığın yerin, gözünün gördüğü her şeyin bir parçasısın.

Her şey seninle var ve her şeyin seninle bir anlamı var.

Sen olmadıktan sonra anlam neye yarar?

Bak akıyor zaman.

Şu an bu kitabı okurken yavaş yavaş geçiyor.

Çünkü sen varsın.

Şükürler olsun.

Şifa olsun…

Günün mottosu

Bu sabah, en güzel duan ve dileğin tüm samimiyetinle kime gitsin?

Şekersiz
4. Gün

11. Gün Ritüeli

Tamam mı devam mı?

Günaydın canım. Nasıl hissediyorsun?

Şükürler olsun ki buradasın.

Bugün istediğin zaman, şu ana kadar neler yaşadığını düşün. Ritüellere başladığın ilk günden bugüne kadar neler oldu?

Neleri fark ettin?

Kendinde hangi duyguların daha yoğun olduğunu anladın?

Çevrendekilerle ilişkilerinde neler oldu?

Ve hâlâ devam etmek istiyor musun?

Sadece bunları düşün.

Bir şeyi değiştirmeye çalıştığımızda konfor alanından çıktıysak ara ara durup düşünmek, geçen zamanda yaşadığımız tüm deneyimleri tekrar gözden geçirmemizi sağlar. Bazı şeyleri düşünerek fark ettiğimizde beyin daha güçlü duygular oluşturur.

Neyi, niçin, neden, nasıl yaptığına odaklanır.

Bu yavaş yavaş bir form değiştirdiğimizi gösterir.

Kendimizi ölçmenin, tartmanın zihinsel yolculuğun nasıl işlediğini anlamanın bir yoludur.

Bugün düşüneceğiz.

Yazmak duyguları dışa vurmaktır. İnsan yazdıkça iyileşir, cevap bulur ve zihninde işin ciddiyeti artar. O yüzden aşağıdaki sayfa bugün senin günlüğün olsun.

Bu bölüme istediklerini yaz.
İstersen süsle.
Bir şeyler yapıştır.
İstediğin gibi.
Ve bunu günün istediğin saatinde yapabilirsin. Sana önerim yatmadan önce yazdıklarını oku ve öyle uyu.

Neler hissettiğini ve yaşadığını yaz.

....

....

....

....

....

....

....

Şifa olsun…

Günün mottosu

Annesiyle ilişkisi geçmişten problemli kişilerin,
özel hayatlarında problem olma ihtimali yüksektir.
Babasıyla problemli ilişkisi olanların, iş hayatında sık sık problem yaşama ihtimali yüksektir.
Anne güveni, baba cesareti temsil eder.

Şekersiz
5. Gün

12. Gün Ritüeli

Niyet Kapısı'na Dön

Günaydın canım. Nasılsın, iyi misin?

Bu sabah senden birinci gün ritüeline dönmeni istiyorum. Orada yazılanları tekrar et. Ara ara niyeti hatırlamak yolda kalmamızı sağlar. Çünkü insan yoldan çıkmaya meyillidir.

Şifa olsun…

Günün mottosu

Taşıyamadığın yükleri, duyguları başkalarına atmamaya özen göster. Gerçekleri söyleyecek kadar cesur değilsen, kimseyi oyalama. Altı üstü iki anlaşılır sohbet, biraz duygu alışverişi yapacaksın.

Şekersiz 6. Gün

13. Gün Ritüeli

Hedef Kapısı

Merhaba canım. Nasılsın bu sabah?

Bugün hedef günümüz. Ulaşmak istediğin üç hedefini yaz. Gün boyu her fırsatta bu hedeflerini, yanında getirdiğin kitabından açıp oku.

Her bir hedef için şunları düşün:

- Nasıl ulaşabilirim?
- Ne yapmaya ihtiyacım var?
- Kimlerle ilişki kurmam gerekebilir?
- Neleri göze almaya ihtiyacım var?
- Ne gibi zorluklar yaşarım?
- Beni durduran ne?

Bir hedef için sadece istemek yeterli değildir. Onları bu şekilde çok yönlü düşünürsek bilinçdışı bizim adımıza çalışmaya başlar.

Hedeflerim

- ....
- ....
- ....
- ....
- ....
- ....
- ....

Şifa olsun…

Günün mottosu

Kendini başkalarında düzeltme.
Kimse senin limanın değil.

14. Gün Ritüeli

Zihin Geliştirme

Günaydın canım. Nasılsın?

Zihnimize yeni şeyler öğretirsek daha uzun ve sağlıklı yaşar. Her gün en az beş sayfa kitap okuma, beş yabancı kelime öğrenme, birkaç yeni bilgi edinme zihnimizi dinç tutar. Beynimizin istediği en önemli şey sürekli bir şey öğrenmektir.

Çünkü bu ritüellerde duygularımız karıştıkça ara ara strese gireceğiz.

İnsan bir şey öğrendiğinde stres hormonları da azalmaya başlar.

Ve öğrendiğimiz her şey eninde sonunda yeni ortamlarda konuşacağımız konuların içeriğini oluşturur.

Ne kadar çok şey öğrenirseniz, beyniniz yeni yolaklar oluşturup o kadar çok yeni kişi ve ortamlarla ilişki kurmaya başlar.

Görev

- Bugün en az beş sayfa kitap oku.
- Yabancı bir dilde en az beş kelime öğren.

Şifa olsun…

Günün mottosu

Kendine koyduğun yasaklar, hayatın sana gönderdiği tuzaklara dönüşür.

15. Gün Ritüeli

Cesaretin Var mı?

Günaydın canım. Nasılsın?
Bugün telefon yasağımız var.

Bugün bir gün boyunca telefon ve internet yasak.

Bu zorlayıcı bir süreç olacak.
Belki işin gereği belki de hayatın gereği telefonla çok zaman geçiriyorsun.
Bugün birilerinin sana ulaşamaması ya da bazı işlerin aksaması deneyimiyle karşılaşacaksın.
Eğer cesur olursan hayat sana en büyük ödüllerini yavaş yavaş göndermeye başlayacak.
Çünkü şu an, beynin karıştı bile biliyorum.
Belki yapamam bile diyeceksin.
Bu yolu seçersen 13. güne dönebilirsin.

Unutma hayat seni hiçbir zaman yoldan çıkarmaz.
Geride bırakır, ileri alır ama bunu hep yapar.

O yüzden her zaman başka bir yerden devam etme hakkın var.

En yakın sevdiklerine, ailene, belki de iş arkadaşlarına, sadece en önemlilerine bugün telefonun olmayacağını söyle ve bugün telefonunu kapat.

Soran olursa istediğin cevabı verebilirsin.

Akşama kadar canın çok sıkılacak ve zihnin karışacak. Bu duyguları yaşadığında kendine şunu sor: En kötü ne olabilir ki?

Akşam uyumadan önce bugün hissettiğin duyguların hepsini düşün.

Şimdi zihnin şunu merak ediyor: Ne zaman açacağım bu telefonu?

Başarabilirsen bir sonraki sabaha kadar. Ama yine de bu gece uyumadan önce açıp birkaç dakika zaman geçirebilirsin.

Sana bir öneri; telefonu gece açtığında saatlerce zaman geçirmek yerine, şöyle bir göz atıp aciliyeti yoksa ertelenebilir mesajlara cevap vermeyebilirsin.

Şifa olsun…

Günün mottosu

Her şey düzelir, her şey iyi ya da kötü başımıza gelebilir. Her sorun çözümüyle dünyadadır, çözümsüzlük yoktur. Yeter ki cesur ol!

16. Gün Ritüeli

Tüketim Yasağı

Günaydın canım. Nasılsın?

❤ Bir hafta boyunca tüketim yasağın var.

Zaruri ihtiyaçlarının dışında evde ne varsa sonuna kadar kullanmak ve sonra almak dışında mesela, saç boyası, diş fırçası, tuvalet kâğıdı vb. bunların hepsine bir hafta boyunca tüketimsiz çözüm bulabilirsin. Sadece düşünmen yeterli.

Alışverişlerin çoğu kötü duygulardan kaçmak için yapılır.

İhtiyacımız yokken aldığımız ürünler bizi temas etmemiz gereken duygulardan uzaklaştırır.

❤ Mağaza gezebilir, alışveriş merkezlerinde turlayabilir ama alışveriş yapamazsın.

Bu seni daha da zorlayacak.

Düşünsene! Dükkâna girmişsin; yiyecek, içecek, kıyafet ve bir sürü göz alıcı nesne var, hiçbirini almadan çıkıyorsun.

Bir şey almak istediğin an, arzulanacaksın; onu o an almadığın için az da olsa bir öfke hissedeceksin. Ama almadan devam edersen öfke yerini düşünceye ve sakinliğe bırakacak.

Eğer bir şey alman gerekirse zaruri olarak bunu bir başkasına bir şekilde aldırabilirsin.

Ama bunu sadece çok acil durumlarda kullan. Aynı zamanda başkasından bir şey istememe yanını da geliştirirsin.

Eğer bu hafta planladığın çok önemli bir şey varsa, almayı düşündüğün maddiyatta yüksek bir şey. Sana bir sır vereyim: Onu bir hafta erteleyebilecek gücün olursa şifası uzun vadede madden ve manen daha büyük gelecektir.

Şifa olsun…

Günün mottosu

Yalnızlık derinleşirse, insan görünmek için her türlü skandala imza atar.

17. Gün Ritüeli

Oyun Drama

Günaydın canım. Nasılsın? Sana çok uzun uzun cümleler kurmayacağım bugün. Günlerdir yaşadığın deneyimlerin duygusunda kalman daha iyi. Ama, buraya tatlı bir görev bırakıyorum. Sadece deneyim anında, ânı yaşa ve hisset.

Çocukken oynamaktan mutlu olduğun şeyi düşün. (İp atlamak, saklambaç, ebelemece, seksek, evcilik, yakalamaca, istop, yakartop, yedi kiremit, sobe, bilgisayar oyunu, playstation, dans etmek, şarkı söylemek vb.)

- Evden çıkmadan önce o oyun neyse, evin bir odasında o oyunu oyna.

Sadece drama etmen yeterli.

- Tek başına yaptığın bir oyun değilse, etrafında arkadaşların varmış gibi bu oyunu oynayabilirsin.

Zihin bir olayı, ne kadar drama ederse o kadar gerçek hisseder ve kalıcı olur.

İmkânın varsa dışarıda başkalarıyla da şakalaşarak oynayabilirsin.

- Anda ve neşede kalmayı hep hatırla.
- Varsa çocukluk resimlerine bak.

Anılarına hızlı girmeni sağlar. Çocuklar, kötü duygudan uzaklaşmak için oyun oynarlar. Çünkü dünya çocuklar için çok büyük ve çok korkutucudur.

Çocuklar, oyun oynayarak yaşamın korkutucu zorluğuyla baş etmeye çalışırlar. Kaç yaşında olursan ol, şu an bu deneyimi kendine tekrar yaşatırsan beynin o duygularla tekrar temas edecek.

Şifa olsun…

Günün mottosu

Senin içinde hangi çocuk ya da çocuklar var?
Zorba çocuk mu, çaresiz çocuk mu
yoksa yardımsever çocuk mu?

18. Gün Ritüeli

Bağ Koparma

Günaydın canım. Nasılsın?

Geldiğimiz gün, bu yolculuktaki sınavların ağırlaştığı bir gün. Çünkü 21. güne az kaldı. Büyük bir ihtimalle sabrın da kalmadı, biliyorum. Seni anlıyorum.

Bugün bağ koparma yapacağız.

Bu çalışmadan sonra karar verebilirsin, tamam mı devam mı diye. Birazcık sabrın varsa çocukluğumuzdan itibaren elimizi ayağımızı, yani benliğimizi bağlayan olumsuz duygulardan seni uzaklaştıracak çalışmayı yapabilirsen iyi olur.

Geçmişteki bazı insanları unuttuğumuzu zannetsek de, ne yazık ki duyguları hep üzerimizde kalır.

Anne ve babanızın sevmediğiniz huyları;

Eski sevgilinizin zorlayıcı tavırları;

Taşındığınız evdeki duygular;

Eski işinizdeki duygular…

O olaylar bitmiş olsa da duyguları hep bizimledir. O yüzden hayatımız boyunca o ve türevi duygulara çekiliriz. Benzer duyguları yaşatacak işlere, ilişkilere, duygulara yakınlaşırız.

Şimdi aklına geçmişte seni en çok zorlayan, aklına geldikçe çok kötü hissettiğin, pişmanlık duyduğun, öfkelendiğin, kızdığın, utandığın, acıdığın, nefret ettiğin, korktuğun kim varsa ya da hangi deneyim varsa düşün ve aşağıdaki QR kodu okutarak çalışmayı yap.

Not

Bağ koparma insanlar, olaylar, taşındığımız ev, kaybettiğimiz iş, para, ortaklık, arkadaşlık, herkesle ve her şeyle yapılabilir.

Şifa olsun…

Aşkım Kapışmak'ın, Bağ Koparma
videosunu izlemek için QR kodu okutunuz.

Günün mottosu

Salak olma ama bazen salağa yat.
Bu hayatta kimlere karşı salağa yatıyorsun?

Şekersiz
12. Gün
Tüketimsiz
3. Gün

19. Gün Ritüeli

Dua Kapısı

Merhaba canım. Nasılsın?

19'uncu güne geldiysen iradeni oldukça geliştirmişsindir. Artık duyguların daha güçlü, ne istediğini daha net bilir haldesin. İnsan ihtiyaç sahibidir ve şu an, en çok neye ihtiyaç duyuyorsan dua yoluyla onları Allah'tan iste.

Burası açık bir kapıdır. Ama unutma Allah üç şekilde cevap verir:

Evet, der kabul olur;

Hayır, der kabul olmaz;

Ve bekletir, sonraya bırakır.

Üçü de bir cevaptır. Önemli olan Allah ile ilişkide olmaktır.

Bugün ne istiyorsan dua et. Ama bunu araya sıkıştırma.

Hızlandırma. Hissede hissede, yavaş yavaş, düşüne düşüne.

Başkalarından öğrendiğin dualarla değil; sana özel cümlelerle, senin sesinle, senin duygularınla.

Senin virgülün, senin noktalarınla.

Yepyeni dualar et.

Çünkü başkalarından öğrendiğin dualar aktarılmış duygulardır.

Senin kendi duaların olmalı. Yani sana özel bir dua etme şeklin olmalı.

Ve bugün biraz dikkat, hayatına bazı mesajlar gelebilir.

Görmeye çalış.

Şifa olsun…

Günün mottosu

İstemek, düş kurmaktır. Hayale düşmek ise nefes almaktır. Ne istiyorsan gelmesini değil, ona gidebileceğinden emin olmayı iste.

20. Gün Ritüeli

Reddedilme Kapısı

Günaydın canım. Nasılsın?

Hadi bugün reddedilme duygusuna karşı tolerans geliştirelim. Kabul edilmek de reddedilmek de normaldir. Beynimize bunu öğreteceğiz.

Görev

- Bu görevi, şu şekilde yapacaksın.
- Üç kişiyi düşün.
- Üçünün de kesinlikle kabul etmeyeceği bir şey isteyeceksin.
- Aynı şeyleri de farklı şeyleri de isteyebilirsin.

Diyelim ki, veremeyeceği bir miktar para istedin. Tamam oldu deyip, kapatmıyorsun telefonu. Biraz ısrarcı davranacaksın. Sen talep ettikçe karşı taraf sana kötü duygu atacak. Yapacağın tek şey reddedilme duygusunda kalmak.

Reddedilme korkun yüksekse, kabul edildiğin şeylerin tadına hiçbir zaman varamazsın. Çünkü zihnin sürekli reddedileceğin ilişkiler kurar ya da reddedilmekten korktuğu için istemeyi bırakır, kimseye ihtiyacım yok deyip talepkâr olmaz.

Her şeyi ben yaparım demek, kimseye ihtiyacım yok demek, karşımıza çıkacak fırsatları engellemek demektir.

Şifa olsun…

Günün mottosu

İnsan sadece duygu taşıyıcısıdır.
Kendini yeniden doğurana kadar devam…

21. Gün Ritüeli

Günaydın canım. Nasıl hissediyorsun?

Tebrikler. Hakkını vererek buraya kadar gelenler adına çok mutluyum.

Bugün senin şekersiz 15. günün. Zaruri ihtiyaçlar dışında tüketim yapmadan 6. güne ulaştın. Üstelik tam 21 gündür hazlarına mesafe koyup acılarının üstüne gittin. Alışkanlıklarını değiştirdin. Bu sende enerjisel anlamda ciddi değişimler oluşturdu.

21'inci güne geldiysen bedeninin etrafında canlı, taze, güçlü bir enerji dolaşıyordur. Bunu etrafındaki insanlar hisseder. Bu enerji çoğunlukla etrafımızdaki insanları rahatsız eder. O yüzden enerjimizin bozulmaması için bugün sadaka vereceğiz.

- Miktarını sen belirle.
- Ne çok düşük tut ne de yüksek.
- Verirken hafif için sızlasın. Kolay vereceğin bir miktar da olmasın.

Vazgeçme eşiğin yüksek oldukça hayat sana geri bildirimini daha üst perdeden güzel şekilde yapar.

Sadakayı verirken sadaka vereceğin kişiyi kendin bulacaksın, gözlerine bakacaksın.

Bu seni daha güçlü bir şekilde duyguya sokar, beyne şifası çabuk gelir.

İlk 21 günün şifa olsun…

İkinci 21 günün başlangıcında görüşmek üzere.

Günün mottosu

Neşe en temel ihtiyacın. İçindeki çocuğu rahat bırakmak, gülmek ve içimden gelmiyor cümlesine bir süre veda etmeye ne dersin?

(Şekersiz güne,
dilersen devam edebilirsin.)

İkinci / 21 Gün

1. Gün Ritüeli

Merhaba canım. Nasılsın?

Hayat ne garip değil mi? Hiç yapamam dediğin şeyleri bir gün yaparken buluyorsun kendini.

Hayatımızı zihnimiz yönetiyor. Zihnimizi ise başımıza gelen olaylar değil, onların duyguları yönetiyor. Bu yüzden olayları pek hatırlamayız, bizde sadece duyguları kalır.

Aslında başından beri yaptığımız çalışma içimizdeki duygulara temas edebilme yeteneğimizi geliştirmekle ilgili.

Bugünkü görevin için bir tane kalın bir ipe ihtiyacın var. Örgü ipi de olabilir çamaşır ipi de…

Görev

- Önce ipi bul.

Bu görevin adı düğüm çalışması.

Geçmişten getirdiğimiz, içimizde hissettiğimiz, hayatımıza ve boğazımıza düğüm olmuş duygulardan özgürleşeceğiz.

- Şimdi ipi eline al. Kendinle ilgili hissettiğin kötü duyguları tek tek seslendirip her biri için bir düğüm at. Örneğin, "Kendimi değersiz hissediyorum".
- Bir düğüm at.

"Sevilmeyi hak etmiyorum". Bir düğüm daha...

Çalışmayı yaparken derin düşünüp içindeki tüm kötü duygularını seslendirip düğümlemeni istiyorum.

- Bir süre sonra elinde düğümlenmiş bir ip kalacak. Sonra bu ipi bugün toprağa gömeceksin. Düğümlenmiş bir şekilde toprağın altında kalacak.

Bu arada bir haftalık tüketimsiz günün bitti. Bu konuda normal yaşamına dönebilirsin. Ama bundan sonra bir şey alırken kendine şunu sorabilirsin: Buna ihtiyacım var mı yoksa bir duygumdan kaçmak için mi alıyorum?

Not

Bu ritüeli saat kaçta okuyorsun bilmiyorum ama bir şekilde gün bitmeden bu görevi gerçekleştirmeni istiyorum.

Şifa olsun...

Günün Mottosu

Bugün iyi ve kötü duyguları bir arada yaşayabilirim. İkisi de normaldir, kabul ediyorum.

2. Gün Ritüeli

Merhaba canım. Bu sabah nasılsın?

Bugün hayallerimizi ve hedeflerimizi resimleyeceğiz.

- ✓ Büyük, boş bir kâğıt bul. Bir önceki hedef ritüelindeki hedeflerini hatırla. Onları tekrar oku.
- ✓ Şimdi kendine birkaç dakika zaman ayır, istediğin kalemleri ve renkleri kullanarak o hedeflerini görselleştir ve kâğıda çiz.

Bunu yaparken ne kadar çok ayrıntıya girersen zihninde bunlarla ilgili yollar oluşturursun. Detaylandırdıkça beynin bunu daha çok önemsediğini hissetmeye başlar.

O yüzden oldu bittiye getirmeden, hissede hissede resmi çiz. Dilersen bu uygulamayı bu kitap üzerinde sana ayırdığım sayfada da yapabilirsin.

Buraya hayallerini ve hedeflerini çiz.

Beynin resimlerle hayal kurar ve bir şeyleri hatırlamak isterken de, planlamak istediğinde de resimler. Eğer çizerken duyguları hissedersen iyice derinlik kazanmış olursun.

İkinci 21 gün bitene kadar her gün bu resme bakacaksın. Eğer bunu samimiyetle ve istikrarlı yaparsan, ilerde zihnin bu hedeflere ulaşabilmek için seni gerekli insanlara ve ortamlara ulaştıracak.

Kendi düzenini değiştirip konforundan çıkman, başka yerlere gitmen için seni motive edecek.

Bugünden itibaren karşılaşacağın olaylar tesadüf değil,
zihnin değiştiği için hak ettiklerin olacak.

Bu demek değil ki, her şey çok güzel olacak. Hayatımıza güzel şeyler gelmeye başladığında hatırla, onlar da beraberinde küçük zorluklar, problemler getirebilir.

Şifa olsun…

Günün Mottosu

Yetişkinlerin hayalleri, çocukların duvara resim çizmesi gibidir. Zihin duvarına hayallerini çizersen gerçekte onu yaşarsın.

3. Gün Ritüeli

Duvar Çalışması

Günaydın canım. Nasılsın?

Seminerlerimde ve danışmanlıklarımda sıkça duyduğum; hocam ben içime dönemiyorum, duygularıma temas edemiyorum cümlesidir.

Eğer sen de bu süreçleri yaşıyorsan duvar çalışması sana çok iyi gelecek. Bunu yapabilmen için psikolojik açıdan hazır olman önemli.

Sabah ya da akşam yapabilirsin. Tek başına olduğundan emin ol. Telefonunu kapat.

- Evinde seçtiğin bir duvarın önünde otur.

  Düz ve boş bir duvar olması gerekiyor.

- Yüzünü duvara dön, biraz yaklaş. Aranızda iki karış mesafe olsun. Sessiz bir şekilde o mesafeden duvara bakacaksın.

  Önce bir şey hissetmeyeceksin. Sonra zorlayıcı bazı hisler gelecek.

- Kendi hislerinde durmaya çalış. Kendine ne hissettiğini sor. Hissettiğin duyguları tamamladıktan sonra bu duyguları geçmişte ne zaman yaşadığını hatırla.

Çünkü duvara baktığımızda duvar duygularımızı almaz ve bize geri gönderir.

Bu yakınlıkta duvara bakmak bizi rahatsız eder, çünkü duygun duvara çarpar ve sana geri döner. Gözümüzle baktığımız her yere duygu atarız ve duygu alırız.

O yüzden kötü duygularımız azalır ama duvara baktığımızda o duygu bize geri döner; aynı yoğunlukta ve değişmeyen şekilde.

Duvarlar gamsız insanlar gibidir. Hayatta da öyle insanlar vardır. Duyguyu almazlar. Ama içlerindeki bütün kötü duyguları etrafındakilere atarlar. Bu insanlar gerçekten uzun yaşarlar. Kimsenin kötü duygusunu almadıkları için daha sağlıklı olurlar.

Şifa olsun…

Günün Mottosu

Bazen insanlara karşı duvar gibi olma hakkım var. Herkesin duygusunu almak zorunda değilim.

Resmine Bak
2. Gün

4. Gün Ritüeli

Sessizlik Çalışması

Merhaba canım. Bu sabah nasıl hissediyorsun?

Bugün sessizleşeceğiz. Ama bu kolay olmayacak. Nasıl bir yaşamın var bilmiyorum ama tüm cesaretini topla ve hazırlan.

❤ Bugün bitene kadar hiç konuşmayacaksın.

Zor olduğunu biliyorum. Kolay olsaydı, adı çaba olmazdı. Sessizleşmek, iç dünyamıza çekilmek demek.

Özellikle sık konuşma ihtiyacının altında çoğunlukla kötü duygudan kaçış vardır, kalanı da bazı duyguları ifade etmek içindir.

Ne dersin yapabilir misin?

Belki aklına bir sürü şey geliyor. "Nasıl yapacağım," diye soruyorsun.

"Ama şunu yapmam lazım, bunu konuşmam lazım," diyorsun. Hiçbir şey lazım değil.

Bugün kendine sen lazımsın.

Ve ilginç olan, tüm farkındalıklar sessizlikle gelir. Biriyle konuşurken bile, bir şeyi fark etmek için geri çekilip bir durmak lazım.

O yüzden en iyi fikirler konuşurken değil, konuşma bittikten sonra akla gelir.

Aynı zamanda en derin anılar da sustuğumuz zaman ortaya çıkar.

İşte o nasıl yapacağım diye seni endişeye sürükleyen düşünceler ve duygular var ya, şimdi sadece onlardan bir tanesini düşün.

Bugün sessiz olmak hangi ilişkini zorlayacak?

Ve şunu düşün: Onunla konuşmazsan ne olur?

Aklına gelen konuya, kişiye odaklan. Şimdi şunu sor kendine:

- Korktuğum şey olursa ne olur?
- Bu durum daha sonra çözülebilir mi?
- Onunla konuşma isteğimdeki ihtiyacım ne?
- O ihtiyacımı o an karşılamazsam ne olur?

Şifa olsun…

Günün Mottosu

Bazen sessiz kalmam demek hayatla aramın bozulması değil, iç dünyamla aramın düzelmesi demektir.

5. Gün Ritüeli

Yarım Kalmış Hikâye

Günaydın canım.

Nasıl hissediyorsun?

Senin de uzun zamandır yapmak istediğin, ama eyleme geçirmekte zorlandığın ya da başlayıp yarıda bıraktığın bir şey vardır.

- Müzik aleti çalmak, İngilizce ve dans kursuna gitmek, diyet ve spor yapmak gibi bugün o yarıda kalan şeyi bul.
- Neyi yapmak istedin de yarıda bıraktın, devam etmedin?
- Bulduktan sonra gün içinde o kurs ya da eğitimle ilgili araştırmalar yapacaksın.

Başlasan da başlamasan da, yarım kalan hikâyenle ilgili bazı kurumları ve insanları arayıp bilgi alacaksın.

Beynini bugün bununla meşgul edebilirsin.

Şifa olsun…

Günün Mottosu

- İnsan kendine iyi gelecek eylemleri hep erteler. Çünkü bize iyi gelecek şeyler konforumuzdan çıkmak demektir.

6. Gün Ritüeli

Rahimden Çıkış

Günaydın canım. Nasılsın?

Çocukların sık oynadığı bir oyun vardır. Evdeki yastıklardan kendilerine bir yuva yaparlar. Çadır kurarlar ve onun içine girerler. Aslında bu oyunun bilinçdışındaki karşılığı, ana rahmini örüp içine girmektir.

O yüzden çocukların yastıklardan yaptıkları bu küçük yuvalarla nasıl oynadıkları çok önemli. Bazı çocuklar içine girer çıkmak istemez, bazıları içine girmek istemez. Bazıları da ana rahmine öfkelidir, hemen dağıtmaya çalışır. Kimi tedirgin olur. Bu tavırlar da anne karnındaki duygularla ilgilidir.

- Şimdi evde bulduğun yastıklardan, eşyalardan küçük bir yuva yapacaksın kendine. Evet, şu an. Hemen yaparsan daha etkili olur.
- Nasıl yaptığına dikkat et.
- Yaparken ne hissettiğini düşün.

Sonra duyguna bak. İçine mi girmek istiyorsun dışında mı kalmak istiyorsun?

- Kendini biraz zorla ve içine gir.
- İçinde birkaç dakika dur. Orada hissettiğin ne varsa hayatta da hep öylesindir.

Sıkıştığını hissediyorsan hayatta da hep sıkışırsın.

Boğulduğunu hissediyorsan hayatta da hep boğulduğunu hissedersin.

Bunlar kök duygularımızdır. Yuvadan çıkarken derin bir nefes al ve kendine şunları söyle:

"Artık doğum vaktim geldi."

"Dünya güvenli bir yer."

"Ben değerliyim."

Ve yavaş yavaş aydınlığa çıktığını hisset. Oradan çıktıktan sonra da yuvayı öyle de bırakabilirsin, toparlayabilirsin de…

Şifa olsun…

Günün Mottosu

Bu hayatta başıma ne gelirse gelsin, her şeyi taşıyabilecek gücüm var. Annemden bana geçen olumsuz duygular anneme ait, hepsini bırakıyorum. Bu hayat benim.

7. Gün Ritüeli

Günaydın canım. Nasılsın bu sabah?
Bugün içinden geldiği gibi davrandığın bir gün olacak.
Bugünkü tüm deneyimlerin şifa olsun.
Bugün bir mottomuz yok, yaşadığın her an motton olsun.

8. Gün Ritüeli

Merhaba canım. Nasılsın?

Çocukluktaki ve ergenlikteki bazı arkadaşlarımız ne kadar kıymetliydi değil mi? İp atladığın, top oynadığın, bilgisayar oynadığın, birlikte ders çalıştığın, okuldan kaçtığın, ağladığın, güldüğün arkadaşların...

Bugün ritüelimiz neşe.

- Şimdi çocukluğunda ya da ergenliğinde; bir şeyler yaparken çok eğlendiğin, güldüğün, iyi hissettiğin bir ya da iki arkadaşını düşün.
- Düşündükten sonra, şu an etrafındaki arkadaşlarını düşün.
- O çocukluğundaki kişi, şimdiki arkadaşlarından biri olsaydı kim olurdu?

Diyelim ki, çocukken komşunuzun oğlu Ali vardı. Ali şimdiki arkadaşlarından biri olsa kim olurdu?

Mesela, Mustafa ya da Ayşe oldu. (Cinsiyetleri önemli değil, önemli olan hissettirdikleri.)

- Bugün Mustafa'yı arayıp akşam için bir plan yapıyorsun. Mustafa müsait değilse çocukluğundaki diğer arkadaşını düşün, onun kime karşılık geldiğine bak ve onu ara.
- Gün içinde birkaç saat zaman geçir.

Ve yaşadığın neşeye odaklanmaya çalış.

Bu yolla beynin şimdiki arkadaşlarımızın çoğunun, aslında geçmiştekilerin türevi olduğunu anlayacak. Ve o an beynin daha neşeli hissedecek.

Bu da şifa yolculuğunda sık sık beynimizin ihtiyaç duyduğu bir duygu.

O zaman bugün içindeki o küçük çocuk ile şimdiki sen el ele tutuşun: Şimdiki sen ve çocuk sen.

Şifa olsun…

Günün Mottosu

İçindeki çocuğun elini şefkatle tutamazsan, büyüdüğünde hep yanlış elleri sıkarsın.

9. Gün Ritüeli

Szondi Kişilik Testi

Günaydın canım, nasılsın?

Senden aşağıdaki görsellere bakmanı istiyorum. En çok hangisi seni rahatsız etti? Cevabını bölümün sonunda bulacaksın.

Seçtiğin portre numarasına karşılık gelen yorumu okuyabilirsin.

Görsel learning-mind.com'dan alınmıştır.

Not

Test, 20. yüzyılda Macar psikiyatrist Leopold Szondi tarafından tasarlanmıştır. Szondi Testi, başkalarında bizi rahatsız eden özelliklerin, hayatımızın erken bir döneminde kendimizden tiksinmeye neden olan özellikler olduğu ve bu yüzden onları bastırmamız fikri üzerinden ortaya çıkmıştır.

Şimdi hangi görsel seni rahatsız ettiyse o görselin numarasına göre yorumuna bakabilirsin.

1. Resim

Bu resmi seçtiyseniz, hayatınızın ilk yıllarından itibaren bilinçaltınızdaki bazı saldırgan veya alçaltıcı davranışları bastırmış olabilirsiniz.Tamamen zararsız ve barışçıl olma ihtimaliniz çok yüksek. Başkalarına yardım etmeyi çok seviyorsunuzdur. Bir şeyi yapmak istemediğinizde onu söylemek yerine o şeyi zorlaştıracak, geciktirecek eylemlere geçmek sizin için daha kolaydır. İşe geç kalmak, uyuyakalmak gibi... İsyan yerine sessizce bir meydan okuma da tam size göre.

2. Resim

Bu resimden rahatsız olan biriyseniz sinir, öfke nöbetleri ve saldırganlıkla ilgili problemler yaşıyor olabilirsiniz. Seçtiğiniz görsel sizde tiksinti yarattıysa muhtemelen erken yaşlardan beri bu tür duyguların bir kısmını bastırıyor da olabilirsiniz. Şimdilerde nazik ve dost canlısı olma ihtimaliniz yüksek. Kendini olabildiğince kontrol eden biri olma olasılığınız da var. Bağ kurma kabiliyetiniz de son derece kuvvetli.

3. Resim

Bu resmi seçtiğinizde kötü hislere kapıldıysanız hiperaktiviteyle ilgili bir bastırma yaşamış olabilirsiniz. Yenilikleri ve değişiklikleri kolay kabul edemez ve sevmezsiniz. Yeniden kaçan, çekingen bir kişiliğiniz vardır. Kontrolü elden bırakmak sizi çıldırtabilir. O nedenle düzeninizin mümkün olduğunca değişmesini de istemezsiniz.

4. Resim

Bu resim sizi rahatsız ettiyse küçük yaşlarınızda kayıtsızlık hissini bastırmış olabilirsiniz. Şimdilerde çok sosyal bir insan olma ihtimaliniz yüksek. Sokakta olmaya, arkadaşlarınızla vakit geçirmeye bayılıyorsunuzdur. Bu kadar kalabalık bir çevrede bile içten içe kimseye ihtiyacınız olmadığını söyleyecek kadar kibirli de olmanız mümkün.

5. Resim

Bu resim sizi rahatsız etmişse geçmişte bir yerlerde onay duygusunu bastırmak zorunda kalmış, arzularınızı yok saymak gerektiğini düşünmüş olabilirsiniz. Şimdilerde gayet sakin, alçak gönüllü, utangaç, çekingen biri olma ihtimaliniz yüksek. Gücü seviyor oluşunuz ve bunu dış görünüşünüze de yansıtmanız kaçınılmaz. İnce detaylarla karşınızdakini etkilemek sizin işiniz.

6. Resim

Eskiden kalma ağır bir suçluluk duygusuyla baş etme, onu inkâr ve bastırma arzusu bu resimden tiksinmenize neden olmuş olabilir. Şimdilerde gayet rahat bir insansınızdır. Her zaman aktif, çevresine güven aşılayan ve iyimserliğiyle tanınan biri olma ihtimaliniz de yüksek. Hatta kimi zaman o iyimserliğinizle psikolog rolüne bürünme olasılığınız da var.

7. Resim

Bu resim sizi rahatsız ettiğine göre içinizde bastırdığınız bir fanatik olma ihtimali çok fazla. Şimdilerde abartıdan uzak yaşayan, aşırıyı sevmeyen, kalabalıktan hoşlanmayan, gürültülü ortamlardan kaçan bir yapınız vardır. Ölçülü olmak sizden sorulur. Mantık göbek adınız gibidir. Savurganlık kitabınızda yazmaz.

8. Resim

Bu son resim sizi rahatsız ettiyse bir kimlik çatışmasını bastırmak durumunda kalmış olabilirsiniz. Şimdilerde onaylanma arzunuz yüksektir. Tam olma ihtiyacı sizin mottonuz gibidir. Adam gibi adam, kadın gibi kadın düsturuyla hareket etmeyi tercih edersiniz. Flörtöz bir yanınızın olması da muhtemel.

Şifa olsun...

Günün Mottosu

Bizi başkalarının acıları rahatsız etmez, başkalarının hikâyeleri bizi kendi içimizde unutmaya çalıştığımız anılara yaklaştırır. Bu yüzden kaçarız.

10. Gün Ritüeli

Günaydın canım. Nasılsın?

Bugün senden ilk 21 günün, 10. Ritüeli'ne gitmeni istiyorum. O günün ritüelini gerçekleştirebilirsin.

Ve aşağıdaki boş kısma, bu kitapla ilgili duygularını ve hislerini yaz lütfen.

....

....

....

....

....

....

....

Şifa olsun…

Günün Mottosu

Yaptıklarım beni, anladıkları karşımdakini bağlar.

11. Gün Ritüeli

Saçmalama

Günaydın canım. Nasılsın?

Hep doğru, düzgün ya da mükemmel olmak zorunda değiliz.

Bazen saçma sapan şeyler yapma hakkımız da var.

Her şeyin en doğrusunu istemek, kendimize yaptığımız en büyük yanlışımızdır.

Bizim en iyi ve en doğru olmamızı hep etrafımızdakiler ister.

- Bugün istediğin kadar saçmalayabilirsin.
- İstediğin kadar salağa yatabilirsin.
- Küçük yaramazlıklar yap. Bilerek küçük hatalar yap.

Çocukluluğumuzdan itibaren bize, hata yapmanın, şımarmanın, saçmalamanın çok kötü bir şey olduğu öğretildi. Ve en sık uyarıldığımız yerlerdir bunlar.

O yüzden beynimiz yanlış yapmaktan değil, yanlış bir şey yaparsak yaşayacağımız duygu durumundan kaçar. Oysa Allah bile hatasız ve günahsız olmamızı değil, hataları ve günahları fark edip bir daha yapmamak üzere kendimizi geliştirmemizi ister. Yani tövbe, kendini geliştirmek demektir.

Bu ne demek?

Biz sürekli hata yapabiliriz.

Zamanla ders çıkardıkça daha az saçmalamaya başlarız. Onlar da bizi rahatsız etmez. Beynimizin küçük ihtiyaçlarıdır.

Şifa olsun…

Günün Mottosu

Mükemmel olmak isteyenler hatalı olduğuna inananlardır. Bazen mükemmel olabilirim bazen de hatalı. İkisi de normaldir. Allah mükemmeldir ama mükemmeliyetçi değildir.

12. Gün Ritüeli

Meditasyon Günü

Günaydın canım. Nasılsın? Bugünkü ritüelimiz meditasyon.

- Meditasyona başlamadan önce kendine konforlu bir alan bul.
- Nefesini 4 saniyede, yavaşça burnundan çek.
- Sekiz saniyede yavaşça ağzından ver.
- Bunu birkaç kere yaptıktan sonra normal nefesine dön.

Gözlerin kapalı bir şekilde meditasyonu dinle. Dikkatin dağılırsa bunun normal bir şey olduğunu hisset.

Sakince tekrar dikkatini meditasyona ver.

Meditasyon sırasında ilgini çeken bir cümle olursa o cümleyi aşağıdaki boşluğa yaz. Çünkü en yakın zamanda, o cümlenin hissettirdiği duyguyla ilgili bir şey yaşayacaksın.

Şifa olsun…

....

....

....

Günün Mottosu

Ben varım ve bir gün yok olacağım.
Nasıl yok olacağımı, nasıl yaşayacağım belirler.
İyi yaşamayı kabul ediyorum.

Aşkım Kapışmak ile Başarı Yolu Meditasyonu'nu
izlemek için QR kodu okutabilirsiniz.

Resmine Bak
11. Gün

13. Gün Ritüeli

Para Kapısı

Günaydın canım. Nasıl hissediyorsun? Hepimiz daha iyi bir yaşam için para kazanmayı önemseriz. Aslında insan paranın kendisini değil, paranın getireceği şeyleri ister.

Ama bilinçdışımızda çoğumuzun geçmiş yüzyıllardan kalma, kıtlık bilinci ve zengin olma korkusu vardır. Eskiden beri zenginlik insanları bir şekilde korkutmuştur.

Zihnimiz, parayla bu şekilde bir ilişki kurar. Bilinçdışımızda var olan korkular, paranın bize gelmesini engeller. Ve bizi parayı az getirecek işlere sokar.

Beynimizin duygusunu değiştirebilmek için parayla somut bir şekilde ilişki kurması gereklidir.

- Bir miktar kâğıt para hazırla, iki gün boyunca onlarla zaman geçireceksin.
- Kâğıt paraları cüzdanından çıkar, eline al ve onlara bak.

Sana ne hissettiriyorlar?

Ve geçmişteki kimleri ve hangi anıları hatırlattılar, iyice düşünmeye çalış.

✓ Paraları tut ve parayla ilgili kötü anıları ve söylemleri hatırla. (Anne, baba ve aileden gelen.)

Diyelim ki, baban cimriydi sana para vermiyordu. Yedi yaşına kadar bir çocuk, babayı Tanrı zanneder. Ondan para istemekten korkuyorsa, gerçek hayattan da para istemeyi bilemez.

Diyelim ki, annenin parayla ilişkisi kötüydü. Zenginler hakkında hep kötü konuşurdu. Artık kötü konuşma korkusundan dolayı bilinçdışı sana parayı getirmez.

"Parayı buldu anasını, babasını unuttu", "Parayı buldu, ahlaksız oldu", "Parayı buldu, şımardı" gibi kodlar zihnimize yerleşmişse sana para gelmez.

✓ Şimdi paraya dokun.

Gözlerini kapat. Geçmişteki parayla ilgili anıları hatırla ve şu cümleleri kur:

"Bu kötü duygular.................. ait." (Kaç kişi varsa tek tek söyleyebilirsin.)

"Para kötü bir şey değildir. Daha iyi bir hayat için parayı hayatıma davet ediyorum."

Ve bunu gerçekten hisset. Paraya dokunmaya devam et.

✓ İki gün boyunca kâğıt paralara fırsat buldukça dokun.
✓ Yatağının başucuna koy. İki gece onlarla uyuyacaksın.
✓ Yapabilirsen yastığın içine serpiştir ve onlarla iki gece boyunca rahatça uyu.

Eğer ellerin paraya çarparsa uyurken seni neyin rahatsız ettiğini düşün.

Tekrar derin nefes al, sakinleş.
Parayı sevdiğini düşün ve uyu.
İki gün boyunca bu ritüeli tekrarla.

Şifa olsun…

Günün Mottosu

Para kötü bir şey değildir.
Çok para kazanma hakkım var.
Kötü olan para değil duygudur.
Duygularımı değiştirip zengin olmayı hak ediyorum.

14. Gün Ritüeli

Günaydın canım. Nasılsın?
Para Kapısı ritüelini tekrarla.

Şifa olsun…

Günün Mottosu

Dünkü motton hâlâ geçerli.

15. Gün Ritüeli

Tavada Yakma

Günaydın canım. Nasılsın? Bugün geçmişte seni yoran, unutamadığın kötü bir anıdan kurtulmak ister misin?

Bu çalışmayı bugün yapacağız ama etkisini bir hafta içinde, daha net görmeye başlayacaksın.

- Şimdi mutfağa geç bir tava al, bir avuç pirinç al, tavayı ısıt.

O arada avucunun içinde pirinç taneleri olsun.

- O anıyı düşün.

O anıda kim ya da kimler vardı? Diyelim ki, üç kişi vardı. Üç adet pirinci tavaya at.

- Sonra o olaydan dolayı hangi duygular, sende kaldı onları düşün.

Diyelim ki, öfke.

- Öfkenin yoğunluğu kadar istediğin ölçüde pirinci alıp tavaya at.

Ya da yalnızlık duygusu.
Ne kadar hissediyorsan göz kararı tavaya at.
O pirinçleri atarken temsil ettiği duyguları da attığını düşün.

- İyice kavur, pirinçler iyice yanana kadar devam et.

Kavurdukça iyice o duyguları da yakıp kül ettiğini hayal et.
Odanın içi duman dolabilir, bu seni rahatsız etmesin. Birkaç dakika o kokunun içinde kal.
Tavayı söndür ve iyice kararmış pirinçlere bak.
Pirinçleri ve tavada olan külü bir kâğıt parçasına koy. Tavayı temizle ve kaldır.
Kâğıt parçasını dışarı çıktığında bir yerde yak ve kurtul.
Akşam eve geldiğinde odada hâlâ bir koku hissedebilirsin. Koku sana her şeyin yavaş yavaş gideceğini hissettirir. Kötü anıların duyguları da böyledir. Olay biter kokusu kalır.

Şifa olsun…

Not

Yarın sabah her zamanki saatinden yarım saat erken kalkacaksın. Telefonunu ona göre kur.

Günün Mottosu

Zihnimizin bir anıyı unutabilmesi için duygularını değiştirmesi gerekir.

16. Gün Ritüeli

Günaydın canım. Bugün nasıl hissediyorsun?

Bak yeni bir sabah ve sen hâlâ yaşıyorsun. Öncelikle şükürler olsun ki varsın. Bir bedenini yokla bakalım her şey sağlam ve yerli yerinde mi?

Eğer öyleyse yarım saatlik bir yürüyüşe çıkacağız.

Ama bu yürüyüşte kitap elimizde olacak.

Hiç hayatında taşla toprakla, ağaçla kuşla, duvarla konuştuğun oldu mu?

Olmadıysa hazır ol. Aşağıdaki soruların her birini dışarıda yürüyüş yaparken bir ağaca ya da taşa soracaksın. Unutma, Allah her yerdedir, nereye sorsan cevap gelir.

Her sorunun altında sana gelen cevabı yaz.

➢ Şu an nasılım?

....

➢ Niçin yaşıyorum?

....

➢ Hedeflerime nasıl ulaşabilirim?

....

➢ Beni seviyor musun?

....

- En zayıf yanlarım neler?

....

- Niçin şüphe etmeliyim?

....

Şifa olsun…

Not

Her bir soruyu farklı bir nesneye sor. Ağaç, kedi, çiçek, dağ, bina gibi… Bu yürüyüşü 6 gün boyunca aynı saatte yapmanı tavsiye ederim.

Günün Mottosu

Allah her yerdedir, nereye sorsan cevap gelir.

17. Gün Ritüeli

Günaydın canım. Nasıl hissediyorsun?
Bugün senden sadece görev olarak yürümeni ve unutmadan çizdiğin o resme bir kez daha bakmanı istiyorum.

Şifa olsun…

Günün Mottosu

Zorlandığım şeyleri yapmaya devam edersem, hayatımdaki zorluklar kolaylaşmaya başlar.

18. Gün Ritüeli

Dua Kapısı

Allahım bugün gözlerimi daha çok aç.

Bana zor gözüken şeylerin arkasına gizlenmiş güzellikleri görebileyim.

Bugün cümlelerimi güzelleştir.

Başkalarının kalbine dokunabileyim.

Bazen canım sıkılırsa bana şükretmeyi nasip eyle.

Arada bir sıkılıp arada bir rahatladığım için yoksa canımın kıymetini nasıl bilirim?

Bana bugün ilim ver. Yeni bir şeyler öğreneyim, zihnim gelişsin.

Ben bir çaba içindeyim Allahım, kendimi bulmak, kendimi geliştirmek ve kendimi sevmek için…

Her şeye rağmen bunu yapabilecek gücü verdiğin için teşekkür ederim.

Sevdiklerimin işlerini kolaylaştır.

Her birini şu an huzurla, bereketle ve neşeyle buluştur. İşleri rast gitsin. Sevilsinler, sevsinler.

Bazen zorlanıyorum bazen de unutuyorum. Sen, beni o küçük uyarılarınla hep uyandır.

İyi yaşamak istiyorum Allahım. Bunun bedelini ödeyecek gücü nasip et.

Artık önceliğim kendimim, benim bedenim, benim ruhum ve benim duygularım.

Beni her şeyimle kabul ettiğin için sana teşekkür ederim.

Evet, bazen istemediğim şeyler yaşıyor ve korkuyorum.

Sıkıştığım her yerde bana yetişen sensin. Bana gönderdiğin arkadaşlarıma, dostlarıma, işime, gücüme, eşyalarıma, geçmişime ve geleceğime teşekkür ederim.

Ben dünyayı değiştiremem ama kendimi değiştirirsem, dünyayı daha farklı görebilirim. Bunun bilincinde olmayı nasip ettiğin için teşekkür ederim.

Kendimi severek yaşamayı ve kendimi severek ölmeyi nasip et.

İkisini de kabul ediyorum. Yaşamak ve ölmek!

İçtiğim sudan, yürüdüğüm yoldan, okuduğum kitaptan, sarıldığım insandan, aldığım nefesten, ayağımdaki çoraptan şifa bulmayı nasip et.

Ben nasıl bana layık insanlar istiyorsam, sen de beni onlara layık kıl.

Bu hayatta suçlu yok, herkes nasıl yetiştirildiyse dünyaya getirdiğini de öyle yetiştiriyor.

Geçmişimdekiler de bildikleri gibi büyüttüler, sevdiler, ilişki kurdular, şimdikiler de.

Ama ben onların düşündüğü kişi değilim.

Onların yükünden kurtulmama izin verdiğin için teşekkür ederim.

Seni seviyorum ve senin yarattığın beni de seviyorum.

Şifa olsun…

Günün Mottosu

Nasip kadar güzel bir kelime var mı?
Ne eminim ne de ümitsizim ama benim adıma en iyisini bilene teslimim.

Resmine Bak
17. Gün
Yürüyüş
3. Gün

19. Gün Ritüeli

Mucizeye Alan Açmak

Günaydın canım. Nasılsın? Yürüyüşünü tamamladıktan sonra bugün, güne hazırlanırken öncelikle gayet sade giyineceksin.

- Üzerinde marka, hiçbir şey olmayacak.
- Çantanı boşalt, sadece ihtiyacın olan cüzdan, telefon gibi eşyalarını al. Kadınsan makyaj yapma, erkeksen çok süslenme.
- Gün boyu kahvaltıyı ve yemekleri az ve sade yemeğe çalış. Nereye gidersen git, yürürken ellerini kollarını ileri geri sallayarak yürü hafifçe.
- Kendini birkaç gün boyunca yavaş moduna al. Tüketimi azalt. Yemeği, içmeyi azalt. Gittiğin yerlerde biraz daha uzun kalmaya çalış.
- Çok eğlenceli şeylerden uzak dur.
- Duygunu yükseltecek olaylardan uzak dur.

Bu çalışmayı ikinci 21 gün tamamlanana kadar *üç gün boyunca yapacaksın.*

Üzerimizde taşıdığımız gereksiz fazlalıklar, etrafımızdaki bazı enerjileri bloke eder.

Sadeleşme arttıkça güzel enerjilerin bize gelme ihtimali de yükselir.

İkinci 21 günü tamamlamana birkaç gün kaldı. Üç gün içinde hayatına gelecek güzel mesajlara izin verme zamanı.

Zihnimiz beden yoluyla, dış dünyayla bir ilişki kurar.

Gün boyu üstümüzdeki kıyafetler ve eşyalar aslında iç dünyamızdan bir şeyi temsil eder. O yüzden ne kadar sadeleşirsek ruhsal açıdan da o kadar güzelleşiriz.

Ama üzerimizde bir sürü eşya, renkli kıyafetler ve yoğunluk varsa bize gelecek birçok güzel olayı engelleyebiliriz.

- Şimdi derin bir nefes al.
- Ve mucize kapısından geçmek için zihnine odaklan.

Yaşayacağın deneyimlerin sana getireceği mucizeyi kabul et ve üç gün boyunca evden çıkarken dış kapının kolunu tut, onun mucize kapısı olduğunu hisset.

O kapıyı derin nefes alıp verdikten sonra aç ve çık.

Güne başla.

Bu ritüeli üç gün tekrarla.

Şifa olsun…

Günün Mottosu

Mucizeler ansızın gelmez. Biz hazırlanırız, davet ederiz.
Sonra daveti unuturuz. O kapıyı çalar.
Biz onu hatırlarız. O yüzden mutlu oluruz.
Mucizeler hep vardı sadece çabuk unutuyoruz.

Not

Üç gün boyunca evini temiz ve düzenli tut. Mutfaktaki tüm bardakları ters çevirmeden düz bir şekilde yerleştir. Evdeki odaların kapılarını kapatma açık bırak. Her şeyin temiz ve düzgün olduğundan emin ol ve bu çalışmaları yaparken dokunduğun her yere mucizelerin geleceğini hayal et.

20. Gün Ritüeli

Günaydın canım. Nasılsın?
Bugün mucizelerine alan açmayı unutma.
Evini temiz tut. Yürüyüşünü ihmal etme ve çizdiğin resme bak.
Yarın sabah görüşmek üzere…

Şifa olsun…

Günün Mottosu

Bugün evime, işime, okuluma, sokağıma, olduğum tüm alanlara mucizelerin gelmesine izin veriyorum.

21. Gün Ritüeli

Kutlama Günü

Günaydın canım. Nasıl hissediyorsun?
Sana kocaman sarılıyorum.
Lütfen ellerimi ellerinde hisset.
Kutluyorum seni.
Öncelikle bu güzel duyguyu hisset, çünkü hak ediyorsun. Bugün senin günün.
Bu güzel günü şöyle kutlayacaksın:

- ☑ Bugün kendine kutlama pastası yapacaksın.

Malzemeleri kendin alıyorsun. İstediğin pastayı yapıyorsun.

- ☑ İçinden bir sayı tut. 1 ile 10 arasında olsun. Ve sayıyı şimdi hemen buraya yaz.

☐

O sayı kaç ise o kadar mum alacaksın.

- ☑ Şimdi bir sonraki sayfayı çevir. Her bir sayının ne anlama geldiği yazıyor.

İkinci 21 günü tamamladığın için mumu üflediğin andan itibaren sayının anlamı neyse, hayatına yavaş yavaş gelmeye başlayacak.

Günün kutlu olsun.

Bugün istediğin kadar şımarabilir ve eğlenebilirsin.

Pastayı sen yapacaksın, mumu istediğin kişilerle üfleyebilirsin. Sebebini sorarlarsa anlatma, içimden geldi de. Bunu başarırsan mucize daha hızlı gelir.

İyi ki varsın.

Şifa olsun…

Günün Mottosu

1. Pozitif bakış açısı hayatına gelecek.
2. Zor zamanlarda iyimserliğin artacak.
3. Yoğun sevgi gelecek.
4. Çok önemli bir şey için yardım teklifi gelecek.
5. Seni mutlu edecek olumlu bir haber gelecek.
6. Zorlandığın bir konuda ruhun dengeyi bulacak.
7. Yeni bir fırsat gelecek.
8. Bir konuda başarın ödüllendirilecek.
9. İhtiyaç duyduğun bir şey karşılanacak.
10. Para ile ilgili güzel gelişmeler olacak.

Üçüncü / 21 Gün

1. Gün Ritüeli

Cevap Kapısı

Merhaba canım. Nasılsın?

Çoğu insan gün içinde kendilerinden bir şey istendiğinde, verdikleri hızlı cevaplarla kendilerini daha kötü bir duyguya sokarlar.

Bir şeye evet ya da hayır demeniz hızlı bir şekilde oluyorsa, aslında o sizi geliştiren bir durum değildir. "Acıktın mı" diye sorduklarında hızlıca evet diyorsan, "Su ister misin" hızlıca hayır diyorsan; "Şunu yapalım mı, edelim mi" diye sorduklarında, yani sizden bir şey istediklerinde hızlı cevap vermeniz bilincinizden gelir.

Bilinciniz, hızlı evet diyorsa aslında onu istemiyordur; o davranıştan bir şey kazanıyordur. Sevilme, ait olma, reddedilmeme gibi… Hızlı bir şekilde hayır diyorsa, içinde kötü bir duygu vardır. Kişi, o duyguyu karşı tarafa atıyordur.

Bilinçdışımızı dinlemek demek, kendimiz için geliştirici olanı dinlemek demektir. Eğer insanlar size bir şey sorduğunda, üç dört saniye bekleyip ondan sonra cevap veriyorsanız; bu iyi de olsa –evet de olsa– kötü de olsa –hayır da olsa– her ikisi de beynimizi geliştirmeye başlar. Gerçekten istediğimiz şeye temas etmiş oluruz.

O yüzden çoğu zaman susamaz, acıkmaz, o yere gitmek istemeyiz ya da o şeyi almak istemeyiz, ama bazen insanlardan ve ortamlardan etkilendiğimiz için hızlı bir şekilde evet ya da hayır deriz.

Bundan sonra kendinde, bilinçdışını dinleme yeteneğini geliştirmeni öneriyorum. Bilinçdışını dinlemek demek, bir şey istendiğinde üç dört saniye bekleyip ondan sonra cevap vermek demektir. Çünkü bilinçdışından gelenleri yaparsak iyi ya da kötü de olsa, zor ya da kolay da olsa bu bizi geliştirir. Hızlıca cevap verdiğimiz her şey reflekstir ve bunlar genelde bilincin bir şeylerden kaçmak için verdiği tepkilerdir.

Ödev

15 gün boyunca içini dinleyip cevap vereceksin. Bu senin daha çok kendine temas etmeni sağlayacak.

Benden istenilen şeyi gerçekten ben istiyor muyum ya da ne kadarını istiyorum? İnsan genelde başkaları kendisinden bir şey istediğinde onu yaparsa iyi duyguya geçeceğim zanneder. Aslında çoğunlukla istemediğimiz şeyleri yaparak günümüzü geçiriyoruz.

Böyle devam ederse insan uzun vadede kendini dinlemediği için zihni hep başkalarıyla meşgul olur.

Şifa olsun…

Günün Mottosu

İnsanlar istediği için değil ben istediğim için yaptığım her şey zamanla şifaya dönüşür.

2. Gün Ritüeli

Kendi Olma Kapısı

Günaydın canım. Nasılsın, iyi misin?

Dr. Psikoterapist Timur Harzadın'dan aldığım aile dizimi eğitimi sırasında öğrendiğim bir tekniği seninle paylaşmak istiyorum. Bu ritüelin çok ciddi faydasını göreceksin. Artık birine bağırmak yerine saygıyla söylemek, kendin olmanda sana yardım edecek.

En zorlayıcı tekniklerden biridir.

Bir kişiden nefret ediyorsam giderek ona dönüşürüm. Ama bir kişiye olan olumsuz duygularımı, yumuşak söylersem onunla ayrışmış olurum.

Örneğin annene çok kızıyorsun, hatta öfkelisin. Bu duygularını da her fırsatta sert bir biçimde ifade ediyorsun. Yaşın ilerledikçe sen de annen gibi olursun, onun gibi davranırsın.

Annenle ilgili olumsuz duyguların var. Bunu saygılı ve hürmetli bir şekilde söylüyorsun. O zaman annen gibi olmazsın. O başka biri olur, sen başka biri.

- İnsanlara olumsuz duygularını bol bol ifade etmen gerekecek.
- Bunu saygılı ve yumuşak yapacaksın ve bunu altı ay boyunca yapacaksın.

Altı ay sonra bu otomatikleşecek. Beyin kendi kendine yapmaya başlayacak.

✓ Altı ay boyunca sözlerine dikkat etmen gerekecek. Sonrasında beyin bunu zaten içselleştirmiş olacak ve kendiliğinden olmaya başlayacak.

Bunu denerken arada bir unutup eskiye döneceksin. Yapamıyorum, edemiyorum demek yok. Bunu bir seferde yapman mümkün değil. Araba sürmek gibi. Arabayı da ilk altı ay boyunca hatasız sürmen mümkün değildi. Ara ara hata yapabilirsin. Ama altı ay sonra her şey başka olacak.

Fakat hata yaptığında; "ne oldu da oradan kaçtım", "o an insanlara neden sert davranıyorum", "bir şeyler hissediyorum ki, sert davranarak kendimi sakinleştiriyorum" sorularına yanıt bulman gerekecek. Suçlamak, o davranışı tekrar tekrar yapmanı sağlar. Bir süre sonra kendini suçlamak yerine duygularını saygılı ve yumuşak bir şekilde aktardığını fark edeceksin.

Şifa olsun…

Günün Mottosu

Anne babanıza dönüşmek istemiyorsanız her şeye rağmen onlara hürmetli davranın.
Çünkü kızmak onlara dönüşmenize neden olur.

3. Gün Ritüeli

Tutarlılık Kapısı

Günaydın canım. Nasılsın?

Bu kapı çok önemli. Genelde iki şekilde iletişim kurarız: ağzımızdan çıkanlar ve bedenimizin yaptığı.

Diyelim ki, yarın sana geleceğim, dedin ama bir gün sonra oraya gitmedin. Ağzından söz çıktı ama bedenin orada değildi.

Yarın spora başlayacağım, dedin ama başlamadın.

Hayatımızla bu şekilde iletişim kurarsak bir süre sonra ruhumuz parçalanmaya başlar. Ağız başka bir şey söyler, beden başka bir şey yapar. Bu parçalanmışlık, hayatımıza uzun vadede ciddi sıkıntılar getirir.

- ✓ Birincisi, planlarımız, programlarımız ve işlerimiz, yani hedeflerimize giden yolculukta aksaklıklar olur.
- ✓ İkincisi, sosyal ilişkilerimiz bozulmaya başlar ve insanlar bizi farklı adlandırır.
- ✓ Üçüncüsü, biz kendimizi kötü hissederiz ve zamanla iç dünyamız karışmaya başlar.

O yüzden bundan sonra ağzınızdan ne çıkıyorsa onu yapmaya çalışın.

Yarın bir arkadaşınla görüşeceksin. Tamam görüşelim, dedin ama canın istemedi. Burada şunu yapabilirsin. Evet, canım istemiyor ama gideceğim, kendi sınırlarımı zorlayacağım. Bu zamanla, ağzından çıkan ile bedenin aynı hareket ettiği için ruhunda bir bütünsellik oluşturacak.

Parçalanmış ruhun toparlanacak.

Bu altı ay devam ederse hedeflerine ulaşmaya başlayacaksın. Çünkü ağzından çıkan enerji, bir şekilde evrene yayılacak. Bedeninle de bunu pekiştirirsen, beynin senin tutarlı olduğunu düşünecek. Bu sefer yediğin, içtiğin, ilişki kurduğun her deneyim sana şifa getirmeye başlayacak.

Hayallerine ve hedeflerine hızlı ulaşacaksın.

İnsanların sorunlarından biri de budur: Plan yapmak, söz vermek. Ama bedenleri bunlardan kaçtığında, hayatın da onlardan sürekli kaçacağını düşünürler.

Tutarlılık kapısı kıymetlidir. İstemediğin şeylerde hayır yapmayacağım, gitmeyeceğim, istemiyorum deme hakkını kullan. Hemen cevap verme, birkaç saniye düşün sonra cevap ver. Tutarlı olman, ruhunu güçlendirecek, motivasyonunu artıracak ve aidiyet duygunu geliştirecek.

Şifa olsun…

Günün Mottosu

Ağzımızdan çıkan sözleri yapmazsak uzun vadede istemediğimiz olaylar başımıza gelir.
Ya söylemeyeceğiz ya da söylediklerimizi yapacağız.

4. Gün Ritüeli

Günaydın canım. Nasıl hissediyorsun?
Niyet Kapısı'na git ve aynı ritüeli tekrarla.

Şifa olsun…

Günün Mottosu

Niyeti belirlenmemiş eylemler annesi babası olmayan çocuklar gibidir; hiçbir yere tutunamaz ve var olamazlar.

5. Gün Ritüeli

Uykusuz Gece Kapısı

Merhaba canım. Nasılsın?

Kendini bilinçli zorlarsan çocukluk anılarına gideceksin. Anılarını hatırlaman, seni zorlayan duyguları hatırlamanı sağlayacak.

✓ Bugünden itibaren 24 saat uyumayacaksın...

Uykusuzluk geçmiş travmalarımızı bize hatırlatır fakat bunu bilinçli yapmak önemli. Normalde yaşadığımız uykusuzluğun sebebi akşamları kötü duyguların daha çok gelmesindendir. Biz o duygulardan kaçmak için yemeğe, içmeye, telefona, televizyona farklı bağımlılıklara kendimizi yöneltiriz.

Buradaki amaç bilinçli bir şekilde uykusuz kalıp bizi zorlayan duygulara ve anılara temas etmek. Çünkü fazla yediğimiz her şey kendimize temas etmemizi engeller.

Uykun geldikçe kendini zorla ve ayık kalmaya çalış. Bunu yaparken niyet et.

"Niyet ediyorum, 24 saat uyumayarak içimdeki zorlayıcı duyguları çıkarmaya."

Uyumadıkça kendini kötü hissedeceksin.

- O esnada bedenini incele.
- Gözlerini kapa ve bedeninde nerede bir değişiklik oluyor, onu hisset. Bunu gözün kapalı düşünürsen, bedenini de bir bölgeye odaklayacaksın.
- Sonra o bölgeye elini koy ve anıyı düşün. Zihnine bazı anılar gelecek. O anılara odaklan ve o anıdan kaçmadan duygusunu yaşa.

Örneğin, uykusuzluk, huzursuzluk yaptı. Bu duygu bedenimde nerede, diye sor. Kolunda bir uyuşma hissettin. Elini oraya koy ve odaklan.

Sana saçma da gelse bir anı belirecek. Oraya odaklan ve kal. Anının duygusunda kalman bitince ve başka bir duygu daha gelirse onu da aynı şekilde çalış.

Şifa olsun…

Günün Mottosu

Acılarıma ne kadar temas edersem ve kaçmadan orada durursam zamanla uykum düzene girer ve şifalanmaya başlarım.

6. Gün Ritüeli

Merhaba canım. Nasılsın bu sabah?

Bugün istediğin gibi bir gün olsun. Ne yapacağını şu şekilde uygularsan tüm deneyimlerin şifa olur:

- Gün içinde derin nefes al, bedenim ne istiyor, diye sor.

Ama zihninin istediği şeyle karıştırma. Örneğin bedenin yalnız başına kahve iç diyor, ama zihnin bir arkadaşını da ara diyor. Bedeninin istediğini yaparsan şifalanırsın.

Şifa olsun…

Günün Mottosu

Şifa bedendedir.
Karışık zihnimizin tek görevi şifayı uzak tutmaktır.

7. Gün Ritüeli

Kendi Dünyanı Toprağa Ek

Günaydın canım. Nasıl hissediyorsun?

Öncelikle 10 sene sonra nasıl bir yaşamın olmasını istediğini hayal et.

Ve bunun için yaşama köklenmen gerektiğini hatırla.

Kökün ne kadar geniş toprağa ekilirse o kadar beslenir ve büyür.

Bugün nasıl bir bitki olmak istediğini düşün.

Gül mü?

Ağaç mı?

Karanfil mi?

Elma ağacı mı?

Ne olmak istiyorsun?

✓ Karar verdikten sonra o bitki tohumunu al ve evde saksıya ek. Bu çalışma uzun sürecek. Bugün başlangıçtayız ve uzun bir süreç olacak. 10 sene için şimdiden niyet edip başlıyoruz.

Şu bilgi önemli: Tohuma iyi bak, o sensin. İhmal edersen, kendini de ihmal etmiş olacaksın.

✓ Tohuma nasıl bakılır öğren.

- Zamanla çiçek açtıkça saksıyı değiştir. Bu, hayatının değişmesi fikrini aklına getirecek.
- Bitki istediğin hale gelince onu dışarıda büyük bir ormanlık alana taşı.

Toprak büyüdükçe kökün beslenmesi ve hareket alanı artacak. İşte bu uzun süren bakım hayatın için ciddi dönüşümler ve mucizeler getirecek.

Hazırsan, 10 yıl sonrasına...

Şimdiden ekebilirsin.

Şifa olsun...

Günün Mottosu

Ben bir tohumum.
Toprağım sadece doğduğum ev değil; dünyanın kendisi.
İleride nasıl bir ağaç olacağımı belirleyen kişi benim.
Bugünden itibaren bu tohuma iyi bakacağım.

8. Gün Ritüeli

Hedef Anayasası

Günaydın canım. Nasılsın? Öncelikle dünkü çalışmandaki tohumu hatırla. Seni oraya götürecek motivasyon için bugün yapacağın çalışma sürekli güdülenmeni sağlayacak.

- Şimdi bir defter ve kalem al. Dilersen aşağıdaki alana da yazabilirsin.
- Birden beşe kadar ulaşmak istediğin hedefleri teker teker yaz.

Hedefleri yazarken aşağıda belirteceğim kriterleri göz önünde bulundur.

1. Yazacağın hedef somut olmalı. Yani, *mutlu olmak istiyorum* değil ya da *huzurlu olmak istiyorum*, *âşık olmak istiyorum* değil. Bunlar soyut kavramlar.
2. Ulaşılabilir olmalı. Bu kısımda istek ve hedefi ayırmak gerekiyor. Çünkü her şeyi isteyebiliriz ama her şeyi hedefleyemeyiz. O yüzden yazacağın hedefin ulaşılabilirliği, zihnine gerçeklik sağlar.
3. Senin kontrolünde olmalı. Eğer yazdığın hedefin kontrolü başkasındaysa gerçekleşme ihtimali düşüktür. Örneğin, çocuğumun başarılı olmasını hedefliyorum. Biz başkası için hedef

belirleyemeyiz, sadece onlar için bir şeyler isteyebiliriz. Çocuğunun başarılı olması onun kontrolündedir. Sen, kendinle ilgili hedef belirleyeceksin.

4. Detaylandırılmış olmalı. Hedefini yazarken tarih, miktar, yer, sınır, ölçü vb. detayları verirsen zihnin bunlarla ilgili arayışlara girmeye başlar. Bu kriterleri düşünerek beş hedef yazıyorsun.

Örneğin:

1. "2023 Ocak ayına kadar 10 kilo vereceğim."
2. "İzmir'de iki katlı, şu fiyat aralığında, şu renkte, şu kadar odası olan ev alacağım."
3. "Kırmızı renkte, şu fiyat aralığında, şu renkte, şu model bir araba alacağım."
4. "Yüksek lisansa, şu şu alanlar üzerinden, üç ay içinde başvuracağım."
5. "Temmuz ayında, deniz kenarında, beş yıldızlı bir otelde, yanımda şu ve şununla tatile gideceğim."

Hedeflerini bu şekilde yaz, tüm kriterleri gözden geçir ve sabah akşam okumaya başla. Tekrar eden okumalar, zihnine sürekli hedefleri hatırlatacak.

Bu hedef çalışması toplam 3 gün devam edecek.

Bugün sadece yazıyorsun ve sabah akşam okuyorsun.

Yarın hedeflerinle ilgili ikinci aşamaya geçeceğiz.

Şifa olsun…

Günün mottosu

Her şeyi isteyebiliriz sadece bazılarını hedefleyebiliriz.

Hedeflerim

1..
2...
3..
4...
5...

9. Gün Ritüeli

Hedef Anayasası

Merhaba canım. Nasılsın?
Dün yazdığın hedefleri, şimdi tekrar oku.

Bu hedeflerin sürekli hatırlanması önemli. Şimdi yapacağımız çalışmayla bu hedefleri yavaş yavaş bilinçdışımıza almaya başlayacağız.

Bu 5 hedefin özneleri kalacak, yani ilk kelimeden sonrasını siliyorsun.

Örneğin;

1. Hedefim: 2023 Ocak ayına kadar 10 kilo vereceğim.
"2023" kalsın, diğerlerini sil.
1. Hedefim: 2023

2. Hedefim: İzmir'de iki katlı, şu fiyat aralığında, şu renkte, şu kadar odası olan ev alacağım.
2. Hedefim: İzmir'de

3. Hedefim: Kırmızı renkte, şu fiyat aralığında, şu renkte, şu model bir araba alacağım.
3. Hedefim: Kırmızı

4. Hedefim: Yüksek lisansa, şu şu alanlar üzerinden, üç ay içinde başvuracağım.
4. Hedefim: Yüksek

5. Hedefim: Temmuz ayında, deniz kenarında, beş yıldızlı bir otelde, yanımda şu ve şununla tatile gideceğim.
5. Hedefim: Temmuz

Zihnimiz kısaltmalarla düşünür. Kısalttıkça duyguya daha yoğun girer. Şu an elinde 5 tane hedef var. Artık onlar cümle değil birer kelime.

Bugün sabah akşam bu beş kelimeyi oku.

Hedef anayasasının, üçüncü aşaması yarın olacak.

Şifa olsun…

....

....

....

....

....

Günün mottosu

Bir şeyi çok istemek değil, o şeyi sürekli istemek zihnimizi geliştirir.

10. Gün Ritüeli

Hedef Anayasası

Merhaba canım. Nasıl hissediyorsun? Hedef anayasasında en önemli aşamaya geldik. Bu yolculuğa istikrarlı geldiğin için seni kutluyorum.

Artık hedeflerimizi iyice kısaltacağız. Ve bu şekilde zihnimize kodlamış olacağız.

Şimdi hedeflerimizin dünkü haline bir bakalım.

- ❤ Elimizde beş adet kelime var.
- ❤ Bu beş kelimenin ilk harfleri kalacak, sonraki harfleri sileceğiz.

Örneğin:

1. Hedefim: 2023
2 kalacak. Gerisini siliyoruz.
1. Hedefim: 2

2. Hedefim: İzmir
"İ" harfi kalacak, diğerlerini siliyoruz.
2. Hedefim: İ

3. Hedefim: Kırmızı
"K" harfi kalacak, diğerlerini siliyoruz.
3. Hedefim: K

4. Hedeflerim: Yüksek
"Y" harfi kalacak, diğerlerini siliyoruz.
4. Hedefim: Y

5. Hedefim: Temmuz
"T" harfi kalacak, diğerlerini siliyoruz.
5. Hedefim:T

Şimdi elinde kimsenin anlamayacağı, sadece senin bildiğin şifrelenmiş 5 harf ya da rakam var. Ortaya şöyle bir şey çıkmış olması gerekiyor:

Örnek

2. İ. K.Y.T. Bu senin anayasan. Ve zihnine kodla.

Şimdi bu şifreyi görebileceğin her yere yaz.

Ve o harf ya da rakamları gün içinde aklına her geldiğinde seslendir.

Örneğin ikiiiiiiiiii, iiiiiiiiiii, kkkkkkkk, yyyyyyyyyy, ttttttttttttttttttt.

Uzatarak sesli şekilde tekrar et. Sesli bir şekilde uzattıkça zihnin duyguya girecek.

Harfi söylemek beynimizin sol tarafıyla alakalı, mantıkla. Uzatarak söylersek beynimizin sağ tarafı yani, duygusal alan çalışır. Ve bu hedefler, şifre yoluyla zihnimize kodlanmış olur.

Şifa olsun…

Günün mottosu

*Bir şeyi çok isteyip bırakmak aslında
seni istemiyorum demektir.
Siz kendinizden emin değilseniz,
hayat emin olmayanlara fırsat vermez.*

Kendini Dinleme 10. Gün Hedeflerim 3. Gün

11. Gün Ritüeli

Akışa Bırakmak

Merhaba canım. Bu sabah nasıl hissediyorsun?

Akış kavramı zihnimiz için çok kıymetli, ama biz bu kelimeyi genelde akış için değil, kaçış için kullanırız. Yani, bir şey bizi çok zorladığında, gerçekleşmediğinde olmayacağını hissettiğimiz an, son çare akışa bıraktım deriz.

Bu yöntem genelde istediğimiz gibi sonuçlanmaz. Aslında bu vazgeçtim demektir. Ya da Allah nasip ederse olur, etmezse olmaz demektir.

Akışa bırakmak demek; ben bir şeyi istiyorum, olabilir de olmayabilir de diyebilmektir.

✓ Bir şeyin olması için çok ısrarcı olma. Böyle olursa istediğin şeye giden yolda öğrenmen gerekenleri zihnin yok sayar ve sadece sonuçla ilgilenirsin.

O yüzden bugün neler yapmayı planlıyorsan, şu düşünceyle yola çıkabilirsin: Bugün yapacaklarıma giden yolları izleyeceğim. Bakalım bu yollar bana neler öğretecek?

Ve içinden sürekli nasıl olacak, neler öğreneceğim, demelisin.

Bugün insanlarla bir araya geldiğinde onların hayatlarıyla ilgili sorular sor. Bunu nasıl yapıyorsun, bu özelliğini nasıl geliştirdin?

Biz genelde, ne yapıyorsun diye sorarız. Başkasının ne yaptığıyla bizim zihnimiz ilgilenmez. O yüzden bu bilgiler çöptür. Ama bunu nasıl yapıyorsun, diye sorduğunuzda zihin kendini akışa bırakır ve bilgileri öğrenmeye başlar.

Yani özetle, ben bugün deniz kenarına gidip biraz hava alacağım, dersen bu pek keyif vermeyebilir. Ama denizin kenarına gittiğinde dalgaların nasıl oluştuğuna bakarsan, martıların nasıl süzüldüğüne bakarsan ve gözünün gördüklerinin nasıl işlediğine odaklanırsan akıştasın demektir.

Yoksa tek yaptığın şey martıyla denizin fotoğrafını çekip manzaraya sahip olmak olacaktır.

Şifa olsun…

Günün mottosu

Beynimiz yaptığı eylemlerden bir şey öğrenmezse o eylemin sonuçlarını hayatımıza geçirmez.

12. Gün Ritüeli

Parmaklarla Hedef Kodlama

Merhaba canım. Nasılsın?

Ellerimiz ve parmaklarımız, sinirlerimizin en yoğun olduğu alanlardır. Tüm duygularımız en yoğun şekilde ellerimize toplanır.

Eğer parmaklarımızla etrafımıza kodlama yaparsak hem zihnimiz sürekli hedeflerinde kalır hem de kodladığımız yerler bize sürekli bu yolculuğu hatırlatır.

- Öncelikle sana neşe ve umut veren bir şarkının melodisini düşün. Ya da kendi melodini kendin üretebilirsin.
- Hedef Anayasası'ndaki 5 hedefini düşün.
- O beş tane harf ve rakamın parmaklarında olduğunu hisset.
- Parmaklarında şu an hedeflerin var. Olduğun yerde iki elini havaya kaldırıp parmaklarını hareketlendir.

Melodiyi sesli bir şekilde mırıldan.

Şu an etrafında gördüğün her nesneye ve objeye mırıldanarak dokunmaya başla. Küçük vuruşlar gerçekleştir.

Bunları yaparken o harfleri de rakamları da müziğinle birleştir ve her yere dokun.

Örneğin 2.İ. K. Y. T'yi şarkı söyleyerek mırıldandığını düşün. 5 hedefin, iki elinde ve on parmağında.

Bu uygulamayı bundan sonra her gün aklına geldikçe, nerede olursan ol, hatta bir koltukta otururken bile koltuğun kenarlarına vuruşlar yaparak gerçekleştirebilirsin.

Zamanla evren sana hizmet etmeye başlayacak.

Şifa olsun…

Günün mottosu

Evrenle en hızlı şekilde ilişki kuran ellerimizdir. Parmaklarımızı doğru yerlere dokundurursak geleceği hissederiz.

13. Gün Ritüeli

Anlam Kapısı

Merhaba canım. Nasılsın bugün?

Yaşamın bir anlamı olmalı. Ve yaşamamızın da bir anlamı olmalı. Neden yaşadığımızı bilemezsek neler yaşadığımızı anlayamayız.

İnsan, iki yerde yaşamı anlamlandırır: yeni doğmuş bir bebek gördüğünde ve ölen birini gördüğünde.

Bugün bir mezarlık ziyaret edeceksin. Bir yakınının mezarı da olabilir, eğer yoksa herhangi bir mezarlık da olabilir.

Bu çalışmayı en az bir saat yaparsan, zihnin gerçek duygularına ve yaşamın anlamına temas edebilir.

- Öncelikle bedenini şifalandırmak için temiz bir niyetle abdest al.
- Kadınsan makyaj yapma, en duru, en saf, en kendin halinle olmaya çalış.
- Erkeksen de aynı şekilde. Sade bir kıyafet giy.
- Duygulara daha yoğun girebilmek için mezarlık ziyaretine kadar karbonhidrattan uzak dur, az ye.

Ve yolda giderken akış ritüelini hatırla.

Mezarlığa girdiğinde kendini serbest bırak. O an canın ne tarafa yönelmek istiyorsa, hiçbir anlam vermeden o tarafa doğru ilerle. Durmak istediğin yerde dur ve oturabileceğin bir alan oluştur.

Gözlerini yavaşça etrafını izler hale getir. Derin nefes al ve kendini akışa bırak.

İçine kötü şeyler gelebilir. Olabildiğince cesur ol ve orada durmaya çalış.

Büyük ihtimalle aklına yavaş yavaş geçmişte kaybettiklerin gelecek. Bazı anılara gideceksin. O anılarda hissettiğin bazı duygular olacak.

- ✓ En az bir saat mezarlıkta kal ve oradan kalkarken ne hissettiğine odaklan. Hissettiğin duyguları telefonunun not defterine yaz ve bu gece uyumadan onları oku, tekrar düşün.

Şifa olsun…

Günün mottosu

İyi ölmek istiyorsak iyi yaşamayı öğrenmeliyiz.

Kendini Dinleme 13. Gün

14. Gün Ritüeli

Meditasyon Günü

Merhaba canım. Nasılsın, iyi misin?

Bugünü meditasyon ve nefes egzersizi yaparak geçireceğiz.

Meditasyona QR kodu okutarak YouTube'dan ulaşabilirsin. Doğru nefes egzersizini ise internete girip doğru bir kaynaktan bulup yapabilirsin.

Nefes egzersiziyle ilgili özgürsün. İnternette hangi video ilgini çekerse onu deneyebilirsin.

Nefes Tavsiyesi:

- ✓ Burnundan derin nefes alıp ağzından daha yavaş bir şekilde bırakabilirsin.
- ✓ Bu eylemi yaparken nefesin başlangıcı olan diyaframdan soluk boruna, ağzına ve burnuna doğru giden yolculuğu hisset.
- ✓ Dikkatin nefeste olacak şekilde deneyimlemeni öneririm.

Şifa olsun…

Aşkım Kapışmak ile Benim Kumsalım
Meditasyonu'nu izlemek için QR kodu okutabilirsiniz.

Günün mottosu

Hakikat ve gerçekler zihnimiz yavaşladıkça bize gelir. Şifa hızda değil yavaşlıktadır. Çünkü iyi şeyler yavaş gelir.

15. Gün Ritüeli

Para Kapısı

Merhaba canım. Nasılsın?

Küçükken gelecekle ilgili korkutulmuş çocuklar, büyüdüklerinde ne kadar hayal kurarlarsa kursunlar parayla ilgili sıkıntı yaşarlar. Çoğunlukla da birden zengin olma hayalini kurarlar.

Bu kâğıt parçalarını, hayatımıza çeken şey duygularımızdır.

Para blokajını kaldırmak için şimdi bir egzersiz yapacağız seninle.

- ✓ Kendini hazır hissettiğinde içinde para olan çocukluğunda bir anıya git. Bu anıların iyi ya da kötü olması önemli değil.

Annenin ve babanın parayla ilişkisi nasıldı, iyice odaklan.

- ✓ Ve mutfaktan bir ekmek al.
- ✓ Ekmeğin içini kopar ve elinde ufala.
- ✓ Ekmeğin içi avucundayken gözlerini kapa, parayla ilgili anılarına dön.

Sen çocukken ailenin sana attığı duyguları düşün ve o duyguları avcundaki ekmek tanelerine gönderdiğini hayal et. Bunu yaparken iyice ekmeği ufala, hepsi avuç içinde biriksin.

Bu çalışmayı minimum 10 dakika deneyimle. Bu, tüm anılarına gitmeni sağlayacak.

Sonlara doğru şu cümleleri tekrarla:

"Parayla ilgili kötü duygularım, kaygılarım, korkularım ve tüm blokajlarım ebeveynlerime ait. Şimdi hepsini bu ekmek tanelerine kodladım. Para kötü bir şey değildir. Para ve zenginlik iyi bir şeydir. Ben paranın bana getireceklerini seviyorum ve kabul ediyorum. İç dünyamdaki bütün kıtlık bilinci ve zengin olma korkusu, avucumdaki ekmek tanelerinde artık."

Derin bir nefes al. Bu ekmek tanelerini pencerenin önüne kuşların yiyebileceği şekilde dağıt. Endişe etme, bunlar kuşlara zarar vermez, çünkü hayvanlar para bilmez.

Not

Her gün pencereni açıp kuşların yiyip yemediğine bak. Yemedilerse hâlâ içinde atılmamış duygular var demektir ve evren sana şunu söylüyordur: Pencere önündekileri kuşlar yemediyse, al onları dışarıdaki kuşlara götür.

Şifa olsun...

Günün mottosu

Para kötü bir şey değildir.
Kötü olan paranın getireceği şeylerle ilgili algılarımızdır.
Bizden öncekilere kötü gelmiş olabilir ama artık bizde parayla ilgili kötü bir duygu yok.

16. Gün Ritüeli

Yeni Açılımlar Kapısı

Merhaba canım. Nasılsın, iyi misin?

Hepimiz çoğunlukla, evimizin içinde kullanmadığımız eşyaları ve alanları biriktiririz. Beğenerek aldığımız bir sürü kıyafet ve eşya vardır. Evin her köşesini, bir şekilde tasarlayıp bir alan yaratmışızdır. İlginç olan bunlara rağmen eşyaların bazılarını daha sık kullanır ve hep aynı alanlarda vakit geçiririz.

Kullanmadığımız alanlar açılmasına izin vermediğimiz parçalarımızdır.

Zihnimiz oranın varlığını bilir ama o alanla ilişki kurmaz.

- Şimdi evin hiç kullanmadığın bir alanına git.
- O alanda otur ya da alana sırtını yasla. Sırt yaslamak önemli.
- Tüm bedeninle o alanı hisset.
- Hissettiğin an içine gelen duyguya bak.

O duyguda biraz daha kalırsan gözünün önüne bazı anılar gelecek. İşte onlar kaçtığın anılar. Kendine şunu söyle: "Bu anılardaki duygularımı özgür bırakıyorum. Özgürleşen duygularımın, hayatıma getireceği yenilikleri kabul ediyorum."

Ve o alana yeni bir isim ver. Örneğin, burası bereket alanı, burası sağlık alanı, burası hayal alanı vb. ara sıra aklına geldikçe bu alanı bu şekilde kullan. Ve önündeki 5 güne dikkat et. Büyük bir ihtimalle geçmişten gelen birinden seni şifalandıracak haberler almaya başlayacaksın.

Şifa olsun…

Günün mottosu

Evimiz iç dünyamızı yansıtır.
Kullanmadığımız alanlar kaçtığımız anılarla doludur.
Oralara temas edersek evimiz gerçekten yuvamız olur.

17. Gün Ritüeli

Geçmişe Dönük Değerlendirme

Günaydın canım. Bugün nasılsın?

Uzunca zamandır beraberiz. Buraya kadar gelebildiysen artık yaşamınla ilgili iradeni kontrole alabildin demektir. Artık zihnin sonuçlardan ziyade süreçlere odaklanabilme yeteneğini geliştirmiştir. Biraz zorlandın, biraz duygulandın, biraz eğlendin, şaşırdın ama her şeye rağmen buradasın.

Büyük ihtimalle deneyimlediğin farkındalıklar zihninde yeni kapılar açtı.

Bazı şeyler tam istediğin gibi olmayabilir, bazı şeylerse çok mutlu etmiş olabilir. Şunu her zaman hatırla, şifası hep sonradan gelir.

- ✓ Bugün güne başlamadan önce, kitabın birinci sayfasından şu ana kadar neler yaşadığını bir düşün.
- ✓ Seni en çok etkileyen yerlere odaklan.

Ve şöyle bir niyete gir: "Birazdan gözlerimi kapatacağım ve kitabın sayfalarını çevirmeye başlayacağım. Durmak istediğim yerde duracağım. En çok ulaşmak istediğim hayalimi düşüneceğim ve gözlerimi açıp o sayfayı okuyacağım."

İçinden bir soru sor kendine ve o sayfada yazılanları oku.

Ya bir cümlede ya da bir kelimede takılı kalacaksın. En çok ilgini çeken cümle ya da kelimenin altını çiz. Harfleri topla, ortaya çıkan sayı kaçsa bugünden itibaren o kadar günün sonunda ne olacağını bekle.

Diyelim ki, araba diye bir kelimede kaldın. Harflerini ayır. Alfabede kaçıncı sırada olduğuna bak. O sayıları topla.

A- 1
R- 21
A- 1
B- 2
A- 1
Toplam: 26

26 gün içinde sorduğun sorunun cevabını bulacaksın. Bu birinci gün de olabilir, sonuncu gün de.

Şifa olsun…

Günün mottosu

Hayatta başımıza gelecek her şey, evrende şifreli bir şekilde durur.

18. Gün Ritüeli

Merhaba canım. Nasılsın, iyi misin?

Şimdi sana bir soru soracağım ve şöyle derin bir nefes alıp sakince düşünmeni istiyorum.

Diyelim ki akşam evde bir davet vereceksin. O davete üç kişi çağıracaksın.

- Akşam davette, birlikte zaman geçirmek istediğin üç kişiyi düşün.
- Sonra akşamki davete çağırmak istemediğin üç kişiyi de düşün.
- Bunları aşağıdaki boşluğa yaz.

Davet etmek istediklerim

....

....

....

Davet etmek istemediklerim

....

....

....

Sonra çağırmak istediğin üç kişiyi bir daha düşün. Ve onların geçmişteki insanlardan hangilerine benzediğini hatırlamaya çalış. Örneğin, Ali diye bir arkadaşını bu akşam çağıracaksın. Ali geçmişten biri olsaydı kim olurdu? Onu düşün.

Bunu her biri için yap. Yani, davet etmek istediklerin için de; davet etmek istemediklerin için de yap. İyice düşününce şunu fark edeceksin:

Biz şimdiki zamanda, aslında geçmişte ilişki kurduğumuz insanların benzerlerini ve türevlerini çekeriz hayatımıza. Ve ilginç olan aramızın bozuk olduğu geçmişteki insanlarla bağımızı koparmamışızdır.

O yüzden, o insanların bize hissettirdiği duygular neyse şimdiki zamanda benzerlerini yanımıza çekip aynı şeyleri tekrar yaşarız.

☑ O istemediğin, yani akşam davete çağırmak istemediğin üç kişi geçmişte kim? Onları bul.

Hâlâ onlarla bağlarını koparamadığını anlayacaksın. Eğer bu bağları onlarla koparmazsan, geçmişteki o kişilerle yeni bağlar kuramayacaksın. Bu cümle biraz ağır gelmiş olabilir. Ama bu aşamaya kadar geldiysen fazlasıyla cesur olduğunu düşünüyorum.

☑ Bunu nasıl sağlarsın ve başarırsın? Bu zorlandığın üç kişiyle, aranı yavaş yavaş nasıl düzeltirsin? Onu düşün.

Sana bir tüyo vereyim. Onların yanında rahatsız oldukça, ki olacaksın, kaçmadan dur.

☑ Şimdiki zamana kadar yaptığın davranışlardan farklı bir yol denemeye çalış. Ve hissettiğin tüm duyguları onlara söyle. "Sana şunu hissediyorum", "Senden şu duyguyu alıyorum" gibi cümleleri onlara kur.

Bu cesareti gösterip o üç kişiyle aranı yavaş yavaş – bak aran çok iyi olacak demiyorum– onlarla konuşabilir hale gelmenden bahsediyorum. Yani, onların yanındayken kendini çok kötü hissetmez hale geldiğin zaman, geçmişteki o insanlarla bağını artık koparmış olacaksın.

Bak ondan sonra neler olacak hayatında!

Şifa olsun…

Günün mottosu

Başımıza gelen birçok olayın sebebinin iç dünyamız olduğunu bilseydik bundan sonra eskisi gibi olmamak için her şeyi yapardık.

19. Gün Ritüeli

Mucize Kapısı

Merhaba canım. Nasılsın, iyi misin?

Burası Mucize Kapısı. Ama bu kapının sekiz haftalık yolculuğu var.

Haftada bir gün ya da imkânın olduğu kadar daha fazla da olabilir; barınaktaki bir hayvanla ya da sahipleneceğin bir hayvanla ya da o insanla, o çocukla, o yaşlıyla en az sekiz hafta boyunca zaman geçir.

Burada önemli olan aynı kişiyle ya da aynı hayvanla düzenli olarak ilişkide olman.

Bizler karşımızdaki bir insanın, hayvanın, canlının düzenli olarak bakımını üstlendiğimizde; beynimiz karşımızdakinin bakımını üstlenirken aynı şekilde kendimize de bakım yapar, kendimizi onarmamızı sağlar.

İnsan gerçekten, diğer canlıda iyileşen bir varlık. Bu ana kadar uyguladığın bütün ritüelleri, hayallerini, hedeflerini düşün.

Şimdi daha da cesur olma zamanı. Çünkü uzunca bir zamandır kendine bakım yapıyorsun. Kendini değiştirmeye çalışıyorsun.

- Şu andan itibaren mucizeler ve gerçek şifa, sen başka insanların ya da başka hayvanların şifalanmasını sağladıkça avuçlarına konmaya başlayacak.

Ne zaman mı, Allah bilir. Sen yolculuğa çık. Hızır her yerdedir, bunu unutma. Sekiz haftalık yolculukta yaşayacağın mucizeleri ve şifalanmaları bir beklentiye girerek karşılamaya çalışma.

O hayvanla, insanla, yaşlıyla, çocukla ilişki kurarken içindeki niyet mucizeyi görmek olmasın.

O anda orada ol. Eğer gerçekten beklentisizce, karşındakinin bakımını temiz duygularla üstlenirsen zihnin bazı şeyleri unutacak.

Mucizeler unuttuğun yerde karşına çıkacak.

Şifa olsun…

Günün mottosu

Hepimiz bir hayalin gerçekleşme ihtimalini seviyoruz. Ya olur ya olmaz. Hepsinin içinde güzel bir şey var. Sen!

20. Gün Ritüeli

Ana Kapı

Merhaba canım. Nasılsın?
Yirminci gündeyiz. Artık burası Ana Kapı.
Şimdi bir iki saat vaktin var. Bir hazırlık yapacaksın.

- Bugünkü ritüelin, akşama kadar sadece su içerek, yemek yemeden bir odanın içinde kalmak.

Biliyorum, aa ben bunu yapamam, nasıl yapacağım, gibi bir sürü seni bloke eden düşünceler var.

- Odan sessiz sakin olmalı. Odada uzanabilir ya da oturabilirsin.
- Evde birileri varsa onlara anlatabilirsin. "Bir çalışma yapacağım, akşama kadar odada olacağım, tuvalet ihtiyacının dışında odadan çıkmayı düşünmüyorum. Onun dışında kimse beni rahatsız etmesin," diyebilirsin.
- Telefonunu kapatıyorsun. İlk dakikalar saatler çok zorlayacak.
- Olumsuz düşünceler çoğaldığı için bir hiperaktif olacaksın. Sürekli bir şeylerle uğraşma ihtiyacı duyacaksın.

O esnada kendine bak. Genelde gün içinde her sıkıldığında bu tekrarcı hareketleri yapıyorsun. Telefona bakmak gibi, bir şeyler atıştırmak gibi, sağa sola konuşmak, bir şeyler izlemek gibi. Bunların hiçbirini yapmadığında birkaç saat sonra bir uyku bastıracak. Belki bir süre uyuyacaksın, derinleşeceksin. Çünkü zihnin kötü duyguda çok kalacağı için yorulacak.

Aradan dört beş saat geçtikten sonra hayal kurmaya başla.

Bu kitabın başından itibaren yaptığın bütün ritüelleri niye yaptığını hatırla.

Eylem Kapısı'nı, Niyet Kapısı'nı, Şükür Kapısı'nı hepsini tekrar oku, gözünde canlandır. Bu çalışmayı yaptıktan beş saat sonra hayal dünyan inanılmaz büyümeye başlayacak, renkler daha bir canlanacak ve duygunun içine girmeye başlayacaksın.

Artık iliklerine kadar hisset.

Ulaşacağın yolculuk ve yolculuğun sonunda kavuşacağın mucizeleri sadece hisset. Akşam kaçta biteceğini sana bırakıyorum. Çünkü artık senin en cesur halini tahmin edebiliyorum.

Eğer bugün ya da yarın bu deneyimi gerçekten gerçekleştirebilirsen artık saç diplerinden iliğine kadar bütün hayallerini ruhunda bedeninde, canlandırmış olacaksın.

İşte bunun ödülü de 21'den sonra gelecek.

Şifa olsun...

Günün mottosu

Güzellikler, bizim için iyi şeyler isteyen insanlar çoğaldıkça bizi bulur.
Ama ilk yol, başkasının nasibini samimiyetle istemektir.

21. Gün Ritüeli

Üç 21 Kuralı

Merhaba canım. Nasıl hissediyorsun?

Öncelikle seni kutluyorum Üç 21'i tamamladığın için.

Neler yaşadığını tahmin edebiliyorum. Belki tahmin edemediğim şeyler de yaşadın.

Bu yolculukta neye dönüştün, neler değişti? Belki şu an sohbet ederken aklına geliyor, gidiyor diye düşünüyorum.

Gerçekten tebrik ediyorum seni.

Şimdi 3 sayfalık boş bir alan bıraktım sana.

Başından sonuna kadar ne yaşadıysan, ne hissettiysen, zihnini serbest bırak. Müsait olduğun an, kendini hazır hissettiğinde otur. Kendi kitabını bu 3 sayfaya yaz. Bir ayna vardı kitabın başında, o aynaya bir kez daha bakmayı da unutma.

Sana bir önerim; yaşadıklarını, hissettiklerini, deneyimlerini, farkındalıklarını, kızgınlıklarını, öfkeni, kabullenişini, kabullenmeyişini, isyanını, tüm duygularını yazdıktan sonra, bir de gelecekte ulaşmak istediğin yaşamı, gelecekteki kendini düşün, onu tasvir et bir de onu yaz.

Bu 3 sayfalık kitap, senin kitabın. Bu kitabı gerçekten sakla. Çünkü uzun bir yolculuktasın bu hayatta.

Eğer bu Üç 21 Kuralı'nı da deneyimlediysen artık bu saatten sonra zihninde birçok şey değişmiş olacak. Şimdi belki çoğunu yaşadın belki de hâlâ beklediğin büyük mucizeler var.

Benim de duam, temennim inşallah hepsi yolculukta karşına çıkar ve seninle selamlaşır, tokalaşır, kucaklaşır, sana sarılır ve bırakmaz.

Kitabında ne yazıyorsan hayatına gelsin.

İyi ki varsın.

Benimle birlikte bu yolculuğa çıktığın için teşekkür ederim.

Günün mottosu

Sonunu bilmeden sonuna gideceğiz.

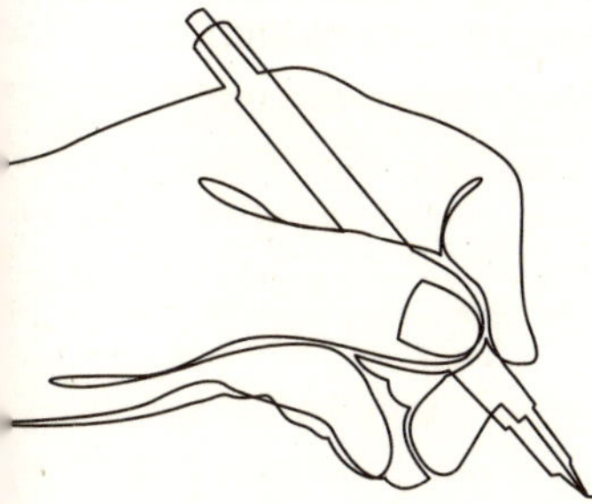

KENDİ KİTABINI YAZ